物外黄岩

朵云书院·黄岩店 × 稻田读书 策划

周华诚 主编

去野

浙江工商大学出版社
杭州

图书在版编目(CIP)数据

物外黄岩 / 周华诚主编. — 杭州 : 浙江工商大学
出版社,2024.7

ISBN 978-7-5178-6003-7

Ⅰ. ①物… Ⅱ. ①周… Ⅲ. ①散文集－中国－当代
Ⅳ. ①I267

中国国家版本馆 CIP 数据核字(2024)第 083188 号

物外黄岩
WUWAI HUANGYAN
周华诚 主编

出 品 人	郑英龙	
策划编辑	沈 娴	
责任编辑	刘 颖 孟令远	
责任校对	夏 佳 韩新严	
图片摄影	黄岩博物馆 浙江其味文化传媒有限公司	
	王敏智 罗加亮 松 三	
封面设计	观止堂_未氓	
责任印制	包建辉	
出版发行	浙江工商大学出版社	
	(杭州市教工路 198 号 邮政编码 310012)	
	(E-mail:zjgsupress@163.com)	
	(网址:http://www.zjgsupress.com)	
	电话:0571-88904980,88831806(传真)	
排 版	杭州朝曦图文设计有限公司	
印 刷	浙江海虹彩色印务有限公司	
开 本	787mm×1092mm 1/32	
印 张	10.125	
字 数	159 千	
版 印 次	2024 年 7 月第 1 版 2024 年 7 月第 1 次印刷	
书 号	ISBN 978-7-5178-6003-7	
定 价	72.00 元	

周华诚

稻田工作者，作家，独立出版人。中国作家协会会员。"父亲的水稻田"创始人。在《人民文学》《中国作家》《散文》《江南》《雨花》《散文选刊》《广州文艺》《人民日报》《光明日报》《文汇报》《解放日报》等报刊上发表作品逾百万字。著有散文集《流水辞》《不如吃茶看花》《寻花帖》《春山慢》《廿四声》《陪花再坐一会儿》《素履以往》《一日不作，一日不食》《草木滋味》《一饭一世界》《下田：写给城市的稻米书》《造物之美》，以及小说集《我有一座城》等。获三毛散文奖、浙江省优秀文学作品奖、中国百本自然好书奖等。主编"雅活书系""我们的日常之美书系""稻田氧气书系"等，推出众多畅销书。

.

序

十月，起风，江南入秋了。这是一个可爱且温柔的季节，就连不小心打个喷嚏都是一声"爱秋"。而每当清风送爽，来自橘乡黄岩的朋友们总是热情地发来邀请："橘已黄熟，速来尝尝！"

西部山川形胜，东部河网纵横，黄岩恰好落在这片山长水阔的沃野之中，像个隐居的不世出高手，身怀绝技，孕育出独属于此地的珍贵风味。

的确，一年四季，这方水土皆浸润在橘香之中，尤其是在金秋时节，秋实饱满丰腴，呈现一片蓬勃昂扬之景。

诸如此般的风景与风情，苏东坡必定是懂的，故而写下"一年好景君须记，最是橙黄橘绿时"。

作为世界上历史最悠久的柑橘产地之一，东汉时期便有关于黄岩蜜橘的记载，《临海水土异物志》说，"鸡橘子，大如指，味甘，永宁界中有之"，这里的"永宁"即黄岩的古称。千年的生长与栽培史，也为浪漫的古人书写甜蜜留下了足够多的时间。

"路入绿荫春未老，细花如雪惹衣裳""剖剥喷香雾，入口甘琼浆""君家池上几时栽？千树玲珑亦富哉""荷尽菊残秋欲老，一年佳处眼中来""未解新禾何早发，始知名橘须高培""霜后思新橘，梦中归故山"……古往今来，中国人对这种金黄果子的喜爱和留恋，从来没有褪色。当然，散落于天南海北的黄岩游子同样对家乡的蜜橘念念不忘。有一位定居北美的朋友，每每深秋，都会发朋友圈表达思念之苦："吃不到家乡黄岩的蜜橘，生气！"

很多时候，我们觉得一样东西太好吃了，没吃到的时候总忍不住挂念，吃到的时候吃了还想吃，除了食物本身的味道，必定还有一些更重要的、五味之外的东西，比如记忆的纠缠，比如情感的羁绊……即使隔着千山万水，那顽固的味觉系统也能精确地将心定位于家的土壤上。

任何一样吃食，从不只关乎吃。地缘、情感、情绪，甚至生活态度，更多的更多，皆在里面。

恰如在黄岩，处处可见果实。有在山野中自然成熟的果实，也有付出努力后收获的成果，更有"风吹枯叶落，落叶生肥土，肥土丰香果,孜孜不倦,不紧不慢"这般生生不息的人生果实。

正因为如此,过去的一年,十位作家来到这里,于时间和空间的双重维度之中,去探索、去发现、去感知一个寻常又非同寻常的黄岩。他们或许站在黄毛山尖看云海流淌,行走在大寺基林场呼吸新鲜空气,于长潭水库畔寻一锅鱼鲜珍馐;或许于山野之间冥想,感受自然灵动,静坐幽谷,品一杯清泉山茶;又或许根本没有什么目的,只想获得日常之外的一点放空与惊喜。

他们走进了这些景致与故事,进而走进了更为悠远的过去。那些镌刻着古老文化印记的生活场景,形成于山水,隐匿于山水,现在又为山水所凸显。而当他们与街巷、村落、田埂、山野、湖泊、云朵真正产生连接时,所有的深入思考都变成了意外的收获,这正是这方水土的神奇之处。

文字结集成册,《物外黄岩》,书如其名,我们期待着能够通过文字,去观察一方水土、风貌、民俗、人情,使之成为旅行的线索,或重新认识故乡,更重要的是,明白我们为何要尊重脚下的这片土地。

"物外有深意",如果对一个地方、一座城市,没有了解它的过往和当下、故事和心事,那便只能看见其美丽,而无法发现其美好。

当然，我们期待更多人能够循着文字与足迹，来到黄岩，零距离感知一番那颗颗金黄果实所蕴含的天空、大地、雨露和灵魂的气息。

甜意辽阔，来了你便知道。

目　录

七月之光　　　　　　　　　　　　草　白　002

蒲华在台州　　　　　　　　　　　草　白　022

循着流水的踪迹　　　　　　　　　草　白　032

小寒围炉暖　　　　　　　　　　　何婉玲　052

翠屏山中记　　　　　　　　　　　何婉玲　060

长潭的日常，正是美味的非常　　　何婉玲　076

南村的树叶　　　　　　　　　　　陆春祥　086

走向长潭的夜　　　　　　　　　　松　三　126

墨汁美味　　　　　　　　　　　　王　寒　140

葡萄的美人指与金手指　　　　　　王　寒　145

马蹄爽、马蹄糕及其他　　　　　　王　寒　150

甜瓜如蜜　　　　　　　　　　　　王　寒　156

美的事物无足轻重　　　　　　　　王加兵　164

去往大海的路　　　　　　　　　　徐海蛟　192

永宁江畔的漫步　　　　　　　　　周华诚　206

黄岩四帖　　　　　　　　　　　　周华诚　214

世上红尘隔板桥　　　　　　　　　周华诚　233

黄岩南宋赵伯沄墓和南渡皇族　　　郑嘉励　246

望　戏　　　　　　　　　　　　　周吉敏　272

十里梅花带雪看　　　　　　　　　周吉敏　285

【作者名片】

　　草白：北京师范大学文学硕士。浙江三门人。2008 年以来，在《人民文学》《十月》《钟山》《作家》《上海文学》《散文》《青年文学》《江南》《天涯》等刊物发表作品一百余万字，小说及散文作品被《小说月报》《小说选刊》《散文选刊》《新华文摘》等转摘，入选各种年度选本。迄今已出版短篇小说集《沙漠引路人》《我是格格巫》《照见》，散文集《童年不会消失》《少女与永生》等。获第二十五届联合文学小说新人奖短篇小说首奖、第十二届《上海文学》奖、储吉旺文学奖优秀作品奖、《广西文学》优秀作品奖等奖项。

七月之光

草　白

一

这是七月的一天。

清晨五点二十三分,我在台州市黄岩区一家叫"雨虹防水"的涂料店门口等人。太阳已从东方地平线升起逾十六分钟,橙黄与灰黑的云层相撞相叠,两者腾挪变化,橙黄被挤至角落,灰黑成为主角,几乎将整个天空覆盖殆尽。

太阳隐在角落,正虎视眈眈地窥望大地。空气中夹杂着夜的凉气,闷热加剧,凉意被看不见的热气吞并、带走,直至无影无踪。

街上商铺门窗紧闭,人们仍在睡梦之中,空调外机发出轰鸣,致力于输送冷气给眠梦中的人。朋友是户外徒步爱好者,

"环浙步道"黄岩段的建设工作也落在他头上。前期要打通荒路、死路，后期要采集、录入、上传步道信息，他在深山与城市之间不知往返了多少趟。

这天，他要带两名师傅去黄岩西部宁溪镇山上安装外观为深褐色的指引柱和标距柱。一根柱重约十五公斤，每五百米安装一根，每逢岔路口也要装。车上拉着二十根柱子，要在上午安装完毕。

每根柱子上都有二维码。它们是这个时代的通行密码，购物付款、进公园场馆以及特殊场合核对身份都需要。扫码后，手机屏幕上瞬间跳出驻足处的经纬度、海拔、地址及气象等信息。

我等在路边搭车前往"观摩"。由黄岩城区出发前往西部宁溪镇，车窗两边山峦起伏、绿意奔腾，光芒照耀的地方宛如凸出的绿色岛屿，其余地方则像汹涌的海。前方云层浓黑如墨，只一小片金光从云隙里钻出来，宛如不规则的金箔，刺亮、耀眼。阵雨欲来。果然，当车子驶过一百多米长的隧道，驶到一片乌云下时，雨点砸了下来。不多久，又偃旗息鼓。如此短暂的降雨自然没能带来酷热行将终结的感觉。

炎热不像刮风、下雨可随时过去，而酷热环境下万事万物的变化又是不可逆的。比如，稻田一旦干裂便很难自动愈合，被热

浪灼烧的草木绝不会返青,而一个人但凡在这样的烈日下行走过,便无法忘却。

六点十二分,车过宁溪镇屿头村,路边场地上堆积着小山丘般的黄沙、石子。朋友眼前一亮,那正是安装工程所需要的,但不见主人,一时也找不到可联系的电话号码。

一行四人下车等待。我踱步至村口,早有人围拢在房屋门口,不知在交谈什么。说话者是位穿裙子的中年妇女,随着话语增多,她额上的汗珠也越冒越多。她身边的聆听者也好不到哪里去,俱脸庞通红,皮肤汗津津的,像刚刚在火膛边烘烤过。这里的天空也是一边明亮一边暗淡,好似两个世界在角逐,角逐一场雨。

此刻,时间已过六点半,闷热还在不断加剧,在午后两点形成高峰,傍晚时分开始下降,至凌晨降至最低,再重整旗鼓。周而复始。除了蝉的叫声,没有谁在表示反抗。

这样的早晨是我熟悉的,它唤醒了什么,与炎热有关的记忆原来一直存储在体内,从未消失。从村口慢慢踱步至桥头,白花花的水泥路面与两边楼房的白色墙砖、黄棕色琉璃瓦,都给人燥热不安之感。枇杷和杨梅都处于空果期,没有果实的存在让我对这两种树都丧失了辨认的兴趣。远远望去,一片深浅不一的绿隐藏在更深的绿意中,好似为了躲避烈日的追逐才这么做。

村里很多房子都空着,房子多,人少,仿佛是难以忍受的酷暑把人赶跑了。而老人普遍比年轻人更能忍受,他们沉默地待在屋子里,门口摆着歪斜破旧的竹椅、木凳、藤榻,但没有谁坐在上面。一条浑身脏兮兮的老狗蹲在地上仰望山峦那边的团状云朵,狗眼无动于衷,又流露出某种渴望。

二

跟随朋友上山的两位师傅或许就来自这样的村庄,他们看不出年纪,总有五十好几了吧。他们面目酷肖,或许是兄弟也未可知。

其中一个穿暗棕色长袖衬衣、黑裤,另一个穿深蓝色短袖 T 恤、灰裤。皆肤色深黝,头发斑白、稀疏,露出被晒成红棕色的头皮。胸膛、脸及所有裸露在外的皮肤都红通通的,好似被沸水烫过。他们的劳动工具有锄头、铲子、铁钩、铜勺、塑料桶等——这些本可节省体力的物什,此刻却成了他们汗流浃背的源头。

宁溪镇上潘村是第一站。

六点四十五分,手持工具的人开始劳作。不多久,浸了汗水的衣物宛如湿抹布罩在劳作者身上，余下半天里，这湿抹布似的衣物将干了湿，湿了干，直到表层泛出白花花的盐渍。

他们要手握锄头在土地表面挖出五十厘米深的坑洞，这个过程的顺利与否取决于土壤结构。如果土质柔软、疏松，人体汗水的蒸发也相应减少；如果坑洞位于岩石附近或所处土壤干燥板结，又有树根盘结，那大地就会像闭合了似的很难被撬开或唤醒，极有可能久攻不下。

将那根携带二维码的柱子顺利嵌入土壤深处后，还需以混凝土填充、加固，使其屹立不倒，再盖以泥土、石块、树叶，让坑洞所在与周遭地面融为一体。整个劳作流程不过是重复挖土、埋柱、填充固定等几步，但由于时间紧迫，汗液以肉眼可见的速度被蒸发。

挖土的和填充的是同一人，搅拌水泥的和移动柱子的也是同一人，他们分工明确，配合默契，好似他们的头脑里存在一个劳作模式，各人不过选择适合自己的，劳动成了身体本能，流汗也是，根本没时间想别的。

在此之前，他们做得最多的大概是播种，将种子、树苗、瓜秧在不同季候以不同方式埋入土中，迎来丰收或歉收。今天，他们植入的却是一根柱子，这柱子必须位于岔路口或事先计划好的位置，不能有丝毫偏移，直到这山上的古道——它融汇了汽车的道路、牛羊牲畜的道路、被抢救回来的道路、人在寻觅自然中必然会走的路，成为一条明晰、准确，可以被扫码和分享的路。

劳作中的人大都沉默不语，唯一值得谈论的是劳作本身，搅拌的水泥好不好用，所带工具是否趁手，除此之外再无别的话。

不知从什么时候起，我成了这个世界的旁观者——这本来是我引以为傲的参与世界的方式，但在这个夏日早晨我只感到尴尬，甚至对自身行为产生了不安与怀疑。穿暗棕色长袖的那位趁同伴填充水泥和回土时，掏出一根皱缩的纸烟迫不及待地吸起来，他嘴唇颤抖，忘我地吸着，好像那是他获取力量的源泉。

汗液在每个人脸上肆虐，我站在其中也能感到其放射出的威力，思绪被削弱并融化在这热气之中。当他们转场至下一个安装点——仅仅为了让这段炎热难耐的时光快点过去，我也应该去附近村里荡上一圈。

村子叫乌岩头村，它是一个拥有民宿、绿化带、文化长廊、宣传窗和停车场的现代村落，一个观光客不断抵达的村落。但今天没有观光客，村里很安静，偶尔响起的蝉鸣声让人想到自然的力量。即便在一个被资本和现代力量不断介入的村子里，自然也仍是主宰。

黑色柏油铺就的村街通往林木繁密的后山，蝉声逐渐远去，蜜蜂的嗡鸣声以及不知名鸟雀的啁啾声却倏忽而至。空气芳香而灼热。野花开在沉默的低处，向有心者发出召唤，其自身也在互相召唤和寻找。这样的地方最适合观察时序的变化，夏季是万物野蛮生长的季节，也是衰败来临前的最后疯狂。

草木掩映下的石板路前方居然藏着一座水库，一片灰色积雨云停驻在水库上空，当我进入它的势力范围，雨点适时而急迫地落下。雨落在水面上比落在别处更给人视觉冲击。水花漫溢成涟漪，又有更多的涟漪出现在水上，消逝在水中。可能雨更喜欢落在水里，而不是落在泥地上。

雨以自己的方式消解酷暑带来的威力，它将干燥的草叶弄得潮湿，将飞扬的尘土击落，还让几公里之外的小溪重新积蓄力量。但热力仍无处不在，随时可能卷土重来。不知劳作现场是否有降雨发生，我想象雨点落在他们的肩上，落在他们湿了又干的衣物上，落在他们摘了棉线手套的裸露的双手上，这比任何东西更能安慰他们。只是离开一会儿工夫，我却像是离开了许久一般，脑海里的劳动场景变得遥远而陌生。

福克纳小说《我弥留之际》中有一句话，我印象极深："爹不可以出汗，因为他有病怕送了命，因此大伙儿都来帮我们家干

活。"小说里的父亲为了逃避劳作给自己找了个绝佳理由——身体不好的人出汗是会送命的。

而这片土地上到处都是流汗的人，无论冬天还是夏天，他们都挥汗如雨，只为了让自己更好地活下去。

我离开水库，再次穿过乌岩头村，来到位于半山路的坡地上，远远地看见他们还站在那里，好似看见久别重逢的亲人那样亲切。重要的是他们都在休息。穿暗棕色长袖的男人再次将纸烟从口袋里掏出，眯着眼睛，忘我地吸着。从这熟悉的表情中，我感到某种战栗。穿深蓝色短袖的那位却干巴巴地站着，还未从刚才的劳作中缓过神来。

不用说，雨水和凉意已光顾过这里，但烈日又将它们一点点收回。朋友开车去附近的村里借锯子，他们在安装第三根指引柱时遇到障碍，挖坑时遭遇含有碎石、卵石和建筑材料碎屑的黏性土，而这根柱身显长的指引柱根本埋不进去。我希望这休息的时间也能延长，至少在下一场劳作到来之前，他们还有足够时间将身体调试到最佳状态——最适合流汗的状态。

这两个和我素不相识的陌生人让我想起遥远的亲人，好像有某种隐秘的事物将他们彼此相连。

三

记忆中的夏天总有擦不尽的汗水。没有空调房，只有电风扇、冰棍和冰镇西瓜，常常被热浪拍醒，皮肤上的汗液被竹榻吸附进去，留在竹条上的印记年复一年地不断叠加上去。

刚刚过去的酷暑里，祖母的弟弟——一个八十五岁的老人过世了，他跌跌撞撞地走出密不透风的玉米地，却在离家半米远的地方栽倒了，再也没能爬起来。祖父也是如此，当年他穿过夏天的庄稼地走回屋里，当晚便半身不遂，一个完整的身体被生生地劈成两半，一半活一半死。他在梦里哭得像个孩子，口里不停地喊姆妈。

可人们不得不在夏天里四处走动，既为了秋天的收获，也为了维持土地中诸力量的平衡。有一年盛夏，我和妹妹被祖父带到一块杂草丛生的红薯地，我们除了要将地里的杂草拔除殆尽，还要为红薯"翻藤"（红薯在生长过程中会不断扎下次生根，这些次生根不仅会和主根争夺养分，还会导致畸形薯块增多，"翻藤"就是将次生根从土壤中拔出）——这更是刻不容缓之事。

我和祖父半蹲着，在热浪织就的方阵里艰难地挪动步子。

草根从泥里拔出的刹那带出新鲜泥土,即刻又被阳光晒出原形。红薯地里最多的是一种叫马唐的禾本科植物,它们以侵占性的方式蔓延开来,成为土地的主宰。而离开土壤庇护的马唐很快就失掉了翠绿色,成为一蓬皱缩、失水的灰白色尸体。白花花的太阳像盏大灯罩在头顶,不断有汗水从体内流淌而出,让皮肤黏腻、发痒,好像有什么东西在上面蠕行。那天,红薯藤像涌动的绿色波浪,怎么也翻不完,而马唐修长、纤细的茎秆夹杂其中,更让人觉得完工的那一刻遥不可及。

现场充满绝望的哀嚎。没有一棵可遮阴的树,身体完全曝晒在日光下,热浪不仅在空中集聚,还在植株之间的缝隙里滚动,泥土的表面也被晒得灼热,晒成土黄色。祖父宛如置身时间之外,他躬身曲背,举着黝黑而嶙峋的双手,似乎劳作于他是最稀松平常之事。而我焦灼不堪,犹豫着是否要从翻滚的热浪中逃生,将他独自遗留在此。在此之前,妹妹已经这么做了,在一次无关紧要的拌嘴后,她果断地逃之夭夭。如果我也这么做,也头也不回地离开,不知祖父那经常发红的眼睛里会不会流下伤心的泪水。

很多年后,我还常常回想起那个结束劳作的午后,我和祖父出现在家中门厅里,祖母好似看到劫后余生者,扔下手中的梭子,嘴里发出一记尖叫向我们跑来。我委屈地低下头,眼泪顺着晒成酱牛肉色的脸庞唰唰地流下来,与脖子上的汗水滚落在一起。

此刻,我站在宁溪镇半山路上,时间为上午九点五十五分,离埋下第一根指引柱已过去三个多小时。祖母的尖叫声早已远去。那一刻,我想起一个成语:相依为命。那个夏日,当我坚定留下的决心时,便与祖父建立了一种超越血缘的同盟关系——我们唯有同心协力才能穿越热浪,顺利返回家中。最终,我们做到了。

显然,身边这两名劳作者也在期盼结束时刻的到来,他们是工作上的伙伴,更是暑热战役中的同盟者。穿暗棕色长袖的那位正在喃喃计数余下的柱子,八根、六根、五根……好像这是让它们快速消失的唯一方式。汗湿的衣物以一种别扭、怪诞的方式裹住他们的身体,它们不再是保护屏障,而成了某种累赘物。每当转场时遇到溪涧,他们就会本能地靠近。溪流以清澈之身洗尽他们脸上残存的汗珠,给身体带来欢快的气息。

旁观他人流汗是可耻的,可我一开始扮演的便是此等角色。我想知道他们如何将这一根根柱子嵌入大地深处,将这山上的古道相连,让城市街道上行走的人、绿色道路上奔跑的人以及空中飞行的人都聚集到这里……当有了安全的、可分享的道路，这一天终究会到来的吧。

当剩下最后三根柱子时，他们终于喘出一口气。胜利在望。车子继续往山中驶去，在离定位目标最近的地方停下。朋友说，如果车子不能抵达，他们会征集驴来搬运柱子和混凝土。我从没有近距离地观察过驴，据说那种动物只要蒙上眼睛就会不停地转圈。我不敢凝望任何动物的眼睛，好像有什么东西被困在里面等待人类的拯救，但人类永远自顾不暇、无能为力。

当安装最后一根柱子时，进程再次被延宕，搅拌好的混凝土不够用了，而水源在两公里之外。朋友不得不驱车前去取水。面包车的车门还没关上，便跌跌撞撞地驶了出去。这回，两位劳作者坐在深绿的马唐草上吸起烟来，皱巴巴的烟卷衔在嘴里，除了有烟灰窸窸窣窣抖落，细密的汗珠也在持续渗出。一天已过去一半，我们要赶在热浪全面席卷之前离开，但暂时还不能离开。时间的延宕给了我观察和思考这一切的契机。

没有人喜欢在烈日当空时工作，大概唯有画家例外。塞尚就是如此，与其说他喜欢那些"令人生畏的阳光"，不如说他喜欢阳光下的物体在画面中的呈现方式，它们就像阴影，而阴影不仅是黑白两色，还有"蓝色、红色、栗色和紫色"。

塞尚所画的那座山叫圣维克多山。

这天上午，我们在括苍山余脉山麓，这里也是括苍山的一部分。历史上，这条道路被命名为"黄仙古道"，行人翻越山岭后便可抵达台州的另一个县城——仙居。我无法想象自己在如此境况下还能通过一条古道的考验，光是移动的热风就能让我晕厥过去。炎热让双臂的摆动、膝盖的摩擦、双腿的前行都变得格外艰难，时间似乎也因热浪的涌动而停止了前进的步伐。

光是想象那一幕的存在便足以感到惊心动魄，而一个人但凡与热浪翻滚中的自然万物有过肌肤之亲，只要身体也在其中浸淫过、思考过，体验过切肤之痛，大概也就再不是从前那个人了。

四

朋友寻找水源去了，我不知他去了多久——酷热让时间变得混沌，充满歧义。随着他离开时间的增多，我内心不由起了疑虑和波澜。或许两公里之外的地方并没有水源，他不得不去更远些的地方找寻；或许因缺乏合适的舀水工具，他正陷于尴尬境地；也有可能他被什么东西绊住了手脚，毕竟荒草丛生的山路比城市街道拥有更多、更幽深的去处。

　　我和两位不知名姓的师傅等在这热浪汹涌的山路之上。准确地说，等待者只我一人。他们表现出的闲适与放松，更激起了我的焦灼之心——我亟须结束这荒诞的旁观之旅，早日返回城市人造的舒爽空间里，而他们的劳作已近尾声，疲累的身心恰好需要一段相对完整的休憩时间。

　　他们沉默地吸烟，嘴角轻扬，脸上神情近乎享受。我很少在成年人身上看到那种表情——沉醉、无畏，全然活在当下。他们让我想起叔伯长辈，这些在土地上劳作的人尽管是天生的乐天派，生活却不得不让他们学会煎熬、忍耐与等待。

　　他们曾在炎热天气里等待降雨，这无望的等待像是缓慢的凌迟，我因参与其中而知晓其中的惊心动魄。没有比在烈日下旷日持久地被烘烤更可怕的事。水稻田一日日接近干涸的边缘，裂缝逐渐增大，大得能塞进一个鸡蛋、一块石头。水库里的水早放光了，露出灰色的、白色的底部，散逸出鱼类腐烂的气息。路上的泥土早被晒成粉末，风一吹，便往人的眼睛里钻。人们饿了就吃，累了倒头就睡，只为了积蓄力量等待那一天的到来。男人们坐在屋子里喝酒、谈天，耳朵却警觉地竖起，即使雷声响起他们也不为所动，因为那些雷大多不过是虚张声势而已。

没有雨。人们在等雨。那些雨不打一声招呼,径直去了另一个世界,将我们抛弃在这荒凉而无雨的人间。云端里站着的人看不见我们,雨季里的人更是对我们视若无睹。人们只知道如果没有雨水,便会丧失一切。

我怕水稻僵苗、干枯,无法抽穗,也担心干旱让大地变得枯寂、冷血,颗粒无收。那些土豆、玉米、西红柿将在高温炙烤下奄奄一息,不可逆转地走向枯败和死亡。我的祖父试图战胜酷热,却将半边身体丢在夏日的田地里,再也没能找回。与他有同样经历的人还有很多,人们莫名其妙地离开后,再也无法将自身经验传达。

就在我陷入怀疑和焦虑之时,朋友回来了,不仅带来了搅拌用的清水,还带来了颗粒饱满、色泽明亮的葡萄,这是刚从农户的葡萄园里摘下的。它们是这片炎热土地的馈赠,越是烈日当空,越能积蓄甜度和光泽度。

劳作一边进行,一边进入尾声,几乎没有任何悬念——它们在某一刻戛然而止。我们几乎是迫不及待地跳上车,关上车门,将烈日锁在车窗外面。生怕迟缓一步,它便跟了上来。气氛陡然变得轻松,清凉的来自车载空调的风吹在身上,好似车里提前住进一个秋天。

沿途，半山路、乌岩头村、枕山酒店、上潘、屿头村……这些蓝色铭牌上的地名，像鸟雀的啁啾声在窗外一闪而过。有了这一上午的共同经历，我与车上的人，与这片土地上的一切似乎建立起了某种牢不可破的关系——好似患难与共，好似脱胎换骨，当下个酷暑来临，我或许就不会那么战战兢兢、如履薄冰了。

蒲华在台州

草 白

光绪甲午年(1894),是蒲华寓居台州的最后一年。

是年春,蒲华应黄岩友人王玫伯之邀绘《九峰读书图》,取材自黄岩九峰——今为九峰公园所在。公园三面环山,因灵台、文笔、华盖、接引、宝鼎、灵鹫、双阙、卧龙、翠屏九峰而得名。《九峰读书图》用墨苍润酣畅,用笔似疾风骤雨,宛如一场山水盛宴。是年夏,蒲华还为黄岩友人江梦逊画《山居图》,为海门黄质诚画《松窗读易图》。是年秋,署"甲午九秋"的墨竹屏问世。到了年末隆冬,蒲华已经在沪上与吴昌硕合作《岁寒交》了,吴昌硕画梅花,蒲华画竹。

从同治乙丑年(1865)二月初抵台州任太平(今温岭)县署幕僚,到光绪甲午年(1894)离去,蒲华寄寓台州足足三十年。从人生的中年到暮年,他的双脚在温岭、临海、黄岩等地留下了切切实实的足迹;断续游幕之间卖画度日,去幕后便鬻画为生,其间虽曾于宁波、杭州等地游荡,立足点仍在台州。

台州是蒲华的第二故乡,是除出生地嘉兴外他生活最久的地方。蒲华在台州的三十年,是他个人笔墨语言趋近成熟的三十年,也是艺术家于山水草木间涤荡灵魂、磨炼心性的三十年。蒲华抵台州前,历经家园被毁、亲人离散、科举不第种种不幸,可谓心灰意冷。

台州偏安东南一隅,自古称僻壤,却山水清幽,房前屋后多竹木水草环绕,与蒲华家乡所属的杭嘉湖平原迥然有别。癸卯年(2023)夏,我从蒲华的故乡秀水(今嘉兴)乘坐高铁前往他当年的寓居之地——台州黄岩。车过宁波后,便是群山绵延、隧道相连,每穿过一深幽洞穴,总见前方山体蔚然深秀,给人空间次第打开之感。还未及细视,又倏忽而去。如此,山脉延展、断续,宛如打开的折扇。

一百多年前,蒲华由宁波入台,至台州境内所见便是如此秀丽、绵延的山脉。只是当年并无隧道可穿行,登山之途自然也是与山水景致朝夕晤对、相互观照之旅。是台州的山水、人文激发了画家的笔墨天性,这既是相遇,也是完成。此后三十年里,蒲

华青衫落拓，襟袖墨迹斑斑，辗转流徙于市井村舍间。他虽以鬻画为生，却不矜笔墨，有索便应。台州各地乡民知他爱饮，常置酒以邀，樽壶旁宣纸成叠。画家借酒兴挥毫，逢纸必画，连糊窗用的纸也画，常常画尽最后一张纸头才罢休。兴致起时，蒲华还在乡民的石上刻字，在寺庙的壁上作画。不仅普通民众，士绅阶层也与他相交甚契。据传蒲华爱琴成癖，随身携带瑶琴，台州太守王六潭亲自为其刻琴铭，还为其治印，温岭名士陈殿英也多次为其治印。更有名医、僧人皆礼遇于他，与他多有酬唱往来。

台州学者项士元在《寒石草堂日记》中满怀深情地写道："秀水蒲作英，在台最久，里中父老，类能谈其遗事。"

蒲华让我想起"竹杖芒鞋轻胜马"的东坡先生。艺术家比常人更知世道无常，也更懂如何保全自身天性。蒲华爱竹，平生所绘作品中墨竹图占三分之一多，自称"种竹道人"。至今尚未发现蒲华来台州前的墨竹图，但黄岩区博物馆倒藏有一幅他初到此地时所绘的竹谱，款题潇洒出尘，"蔼士一兄世大人属蒲华写"。画面结构严谨，墨竹风姿挺秀。彼时，蒲华追慕同乡兼先贤画家吴镇，对文同、苏轼之竹也甚为倾倒，但尚未形成自身风格。

黄岩博物馆馆长罗永华告诉笔者，来台州后，蒲华便开始画此地特有的篁竹——它们多生长于门前屋后和河边水滩,竹竿修长、柔韧,富有弹性。或许,从篁竹中蒲华获取了某种灵思、感悟和想象,慢慢形成大写意的风致也未可知。连吴昌硕也对其赞赏有加:"墨沈淋漓,竹叶如掌,萧萧飒飒,如疾风振林,听之有声,思之成咏,其襟怀之洒落逾恒人也!"竹在宣纸上活了过来,诉诸视觉与听觉。

蒲华究竟如何实现个人画法上的"飞跃"?艺事非科学实验,我们很难彻底厘清个中缘由及前后因果关系。除潜心画事、追摹先贤典范外,蒲华自身常登临山水、诗酒自放,又与同行友人迭次唱和、切磋技艺,年深日久,自然功力大增。总之,作品为人品、学问、胸襟、境遇之总和,又不止于此。

据蒲华自述,他来台州后,寄寓温岭西城三堂官时见林蓝之墨竹,"纵横逸华,变化无穷",不禁钦佩拜倒,叹曰:"秀逸如此,亦吾师也。"林蓝为太平(今温岭)人,工书善画,兰竹尤妙,诗亦磊落有奇气。荣宝斋编"竹"画册,林蓝也在其中。但蒲华抵太平时,林蓝已于十六年前魂兮归去。而另一位让蒲华在画竹上引为知己的是临海画家傅濂。据史料推测,两人极有可能从头到尾不曾谋面,不然,以蒲华之性情,总会有纵情泼墨之盛事流传。

在台州,蒲华并不寂寞,旷达、放逸的个性让他很容易获得友情。除绘事外,蒲华一生最注重的大概便是友谊和精神交往。

"死后精神留墨竹,生前知己许寒梅。"这是蒲华写给吴镇的诗。

在台州,蒲华亦收获了许多这样的知交好友。

他们是:知府刘璈(湖南人)及其隶属江培(临海人),进士王咏霓(椒江人),进士葛咏裳(临海人),榜眼喻长霖(黄岩人),史学家王棻(黄岩人),金石学家黄瑞(黄岩人),太守王六潭,大学问家王舟瑶,等等。可谓群星璀璨。

这个王舟瑶便是之前提及的王玫伯——《九峰读书图》的收藏者,"少读书于九峰书院。清光绪七年(1881)补县学生,旋食廪"。画家绘下此图后的六年,王舟瑶在画上题诗并跋,还写下一段感人至深的诗文:"今岁重馆此,风景依然而友朋非故,欲寻十年前之乐,已不可得矣!"诗曰:"十年结伴此谈经,水色山光照眼青。今日重来寻旧梦,故人零落似辰星。……几辈飞腾出草庐,木天花县各分居。自知于世终无补,只向空山老著书。"

王舟瑶以此文怀念昔日书院共读的故友,这何尝不是对当年与蒲华诗书画酬和岁月之缅怀!蒲华笔下的《九峰读书图》为平远山景,苍松老柏,院内课读场景隐约在目,其后群山绵延,苍

莽无尽。蒲华以粗笔中锋大写意,追求畅神、融合之境界。

艺术家的人生大都落在"奔波"两字上,一旦停下,艺术生命也便消歇了。蒲华在台州轰轰烈烈的三十年,也是他找到自身、辨认自身的旅程。"性简易,无所不可",随遇而安又清醒自持的个性,让他自适于天地之间,尽得人生酣畅淋漓之趣味。

蒲华"一生以诗、书、画自娱"(吴昌硕语),也以此传世。当年他因试卷字迹誊抄出格而被判为四等,此后虽多次应试,却颗粒无收。功名破灭再叠加家庭变故,令他愤而出走,游历四方山水,广交诗书画友,以求摆脱和超越之道。奔放洒脱、险绮奇拔的狂草风格就此形成,既是风格,也是自身人格之投射。

癸卯年(2023),夏日大雨,我们来到蒲华曾驻留过的黄岩九峰公园,园内曲径通幽,通向湿漉、苍郁的林间树下。石上多苔绿。道畔木槿在雨露中绽开紫红花瓣。雾岚于远处峰峦间时隐时现。环顾周遭,古松林立,冥冥孤高,黛色参天。九峰为永宁山、方山的支脉,以峰峦有九而称。山有九峰寺,有始建于五代的瑞隆感应塔,有桃花潭、马尾溪,据说还有朱熹在此留下的摩崖石刻"紫阜"——未亲见,不得而知。九峰书院类似如今的公共图书馆,当年供士子于此读书论道,以为赴考准备。当年的蒲华来此地时早已弃绝功名,无须为此苦读,但肯定于此盘桓良久,

既为九峰山水感召,也为士人之间的情谊。《九峰读书图》里藏着古代读书人绵长的情意,十年寒窗,苦读相伴,一朝成名,各赴东西。

我们绕行瑞隆感应塔一周,大雨打在草叶上噼啪作响,漫溢出淋漓水汽,在山林沃野间流荡,好似时光倒流。想象一百二十多年前的春夜,月华如水,星辰漫天,蒲华及朋友们于云山琴酒间吟诗作画,好不快活。与他所仰慕的八大山人相比——后者好似暗黑天幕下一颗孤星,蒲华的性情更为明亮和入世,他温暖、宽厚,随遇而安。于黄岩盘桓寻访的这几日,我脑海里常常浮现他的身影,待要仔细辨认,却又空渺恍惚几不可见。

蒲华绘有《茶石清供图》,为长条立轴,正中一块太湖奇石,旁配盛放的嫣红茶花,前置一茶壶,复有灵芝两握点景。画上题七言绝句:"茶味宜尝谷雨前,茶花真比赤霞妍。采芝歌里人如鹤,荣辱无惊作散仙。"好一个"荣辱无惊作散仙"!

这只是蒲华留给世人的一个侧影,更多精神面相只能去他的诗书画里寻找,而艺术的奥妙大概唯有亲尝者才能品味和获得。

(本文发表于 2023 年 9 月 1 日《嘉兴日报》)

循着流水的踪迹

草　白

大雪节气后的第一天，我来到这里。

黄岩，上垟乡，前岸村，白鹭湾湿地公园。下午四点钟光景，天虽阴着，却透出温厚、连绵的暖意，宛如远山蜿蜒的轮廓线。此刻无风，气温适宜，不像深冬的肇始，倒像暮春骤临、大地回暖。大自然非常神奇，单是气温就能给人营造季节的错愕感，让人于几日之内穿越四季。仅在三四天前，这片湿软的土地上还下过雪粒子，寒风像凛冽的刷子哗啦啦在此刷了一遍，又仓皇地逃离。

来这里是为了看红杉林，此前他人拍摄的图片及视频显示它们长在水里，火红的叶片宛如冬夜绚烂的烟花。可眼前没有水，所有的水不知何时退去、消失了，溜进石头缝里，被泥土里的深渊吸走,或者干脆被大太阳蒸发掉了。水底成了旷野,成了一片铺着落叶的泥地,高低不平,坑坑洼洼,间或长着已呈枯索状态的狗牙根,根茎细长呈竹鞭状,匍匐着,却紧抓着泥土不放。由此,地面像是盖了暖软的大毯子,东一块,西一块,毛茸茸的,好似在传递土地深处的密语。几乎难以置信,脚下踏足之地原本是一片水乡泽国,可以种植睡莲,可以养鱼,水位上涨时甚至可以划船进入,从东边长潭水库浩浩荡荡、漫溢过来的水能将整个空间盈盈注满。

今年夏天罕见地干旱,降水量奇少,向阳坡地上的茶树被晒伤,桂花树一半黄绿一半焦枯,红杉树也失去了水的庇护。没了水,航拍镜头下的红杉林沦为普通的林地,少了水波与摇曳生姿之美。如此,却方便我穿过宛如旷野的这片林地,深入原本只有水可以抵达的地方。

它们占地广阔,一眼望不到边。当初,流水退去,泥土和碎石一点点裸露出来时,最先占领这里的大概便是脚下这些蒲公英、小蓬草、茵陈蒿、谷精草、酸模以及艾草等不太引人注意的矮小植株,反正它们喜爱水田、溪沟、湿地,也喜爱温暖潮湿的气候。那些草籽或随风而来,或原本就在泥里攒着,一得了机会,便见缝插针地附着在温软、湿润的地表,再也不肯分离。而角落的低凹处,以及裂缝的深处,还残留着流水来过的痕迹。当我穿过红杉林,双脚踩在杂草织就的深褐色方阵里,那种感觉尤为强烈,这里曾经是河底的迹象也更明显。被溪水冲刷过的卵石缝隙里夹杂着灰白色的螺蛳壳及贝类碎片,残留的木桩上布满青苔及被水濡湿后的黑色印痕。

库区里的水确实来过这里,并上涨到坡地及更高处,它漫过草皮和树枝的根部,向着树干高处攀爬。但不是所有树都像池杉或水杉,可以一直浸种在水里,比如红枫,它就不耐深水淹浸,会因根须腐烂而死去。沿途,我看见一些倾倒在地的枯树,叶子早就没了,连树皮也剥落了,树身呈灰黑色,断茬处乌黑,那是深度腐烂变质的颜色。我不知道那是不是红枫。作为一棵树,腐烂后也便失去了辨认的价值。

这曾经的河滩、如今的旷野上,还有很多这样的孑留物。流水来不及带走它们,它们暂且等在那里,慢慢地,便等成了旷野里的物质。假如你观察得够仔细,或许还能发现路边草丛里的叶片似向着同一方向奔逐而去,它们可能被疾驶的流水带着走了一程,但终究被抛下了,或许是不愿随波逐流。

河底残存的一切似乎都带着某种猝然终结的痕迹。空气中仍可见颤动的涟漪，那是晚风带来的。此刻是暮晚时分，眼睛看见什么便捕捉什么，自然的精彩纷呈是人类的感官所无法企及的。

那些蓄积的水应该是一点点少下去的，它们往低处流去，往草丛和树的根部蜿蜒而去，当流水各自为政、失了方向，便是失踪的征兆。

那一刻，当我站在坡地上遥望这片广大、绵延的区域，心里忽然生起一股强烈的认同感，就像游客对异域沙漠的认同，它的亲切感基于精神层面而非感官层面。人文主义地理学之父段义孚曾在一篇文章里描述过这种感觉，他认为这种认可与日常的熟悉感无关，而是来源于精神上的肯定。

之前，我的确没有来过这片红杉林，但记忆里的某个黄昏我一定在类似的河滩边行走过。那既是我一个人的河滩，也是一大群人的，以至当我穿过红杉林望见这一片湿地时，内心深处即刻响起类似"叮"的一声。熟悉，惊诧，人对自然的记忆会在某个瞬间忽然回来，可能因了远山的轮廓、流水的涟漪，也可能因了当时的光线、风、气味，实在很难说清。

那一刻，我想起河滩。红杉林那边肯定是河滩，湿地那边肯定有一条大河，它通向水库，那是水的物质银行，也是它永远的庇护所。

后来,远远地,我看见一潭碧色池水,像文物一样留在树、堤坝与坡地围拢而成的低洼处,倒映着淡墨色的树干,迎风摇曳的芦苇、茅草,以及一棵手指粗细的幼树,后者或许还是在水流退去后的那段时间里迅速生长出来的。

我走到池水的身边,那凝定的一潭,沉默、拘谨,好似万事万物一旦停止流动和交换,便会将自己永远保存下来。我捡拾着四周散落的卵石,又白又干燥的石头,小而不规整的石头。这里的地貌很像堤岸的雏形。

安妮·迪拉德在《听客溪的朝圣》一书里写道,在她心里住着三个快乐的人,第一个收集石头,第二个看云,第三个网罗各地的海水。收集石头和看云,我都做过。而采集海水的人,我也有幸认识。她不仅每到一地都要取水放入瓶中,还在瓶身上记录日期、气候、经纬度,并千里迢迢寄回家。我不知道她的小屋里储存了多少海水,那肯定是世界上最大的屋子,不仅装着浩瀚的东海、南海,还装着大西洋和太平洋,大海定会在她的梦境里滚动,掀起风浪。

刚才,这一路上,我也捡了石头、树枝、禽类羽毛、池杉的果子,与它们一一握过手后,又将它们放归原处。我总觉得它们还有机会再次流动起来,等大水来的时候——总会有那么一天的,大地不可能永远干涸下去。

因为有水的庇护——这片土地如此丰富,似乎什么都有,继草坡、河道及水潭之后,视野里出现一片开裂的板块,湿软,黏糊,脚下不断有汁水冒出。地表覆盖着蒲公英、车前草、地衣等绿植,有些还是从裂隙里长出来的。想起炎夏季节的水稻田,若被太阳暴晒开裂,即使后面蓄了水,也很难在短期内愈合。

这些开裂的板块,是缺水,也是水曾经来过的证据。我的脚踩到那裂痕上,双腿一颤,差点儿滑倒在地。底下还有水,水掉进裂隙深处,需要更多的水才能将它们拯救上来。曾经,我们做过这样的事,不停地往一块濒临干涸的水田里注水,我们很怕田底出现裂隙,当裂痕越来越大,这块田便再也无法拯救了。由此,我知道流水是不能中断的,那蓄水的容器更不允许出现裂缝。

即使河滩已成旷野,流水的踪迹仍处处可见,它们来过,此刻还在这里,不过是隐匿和潜伏下来。我看见无比熟悉的鼠曲草长在艾草和小蓬草中间,开着柠檬黄的小花,其叶是清明粿子的原料,是我小时候经常采撷的。我熟悉每张叶片上的绒毛和灰尘,也闻过它焯水后好闻的气味。没想到它们也在这里。注目的瞬间有时光倒流之感。越来越多熟悉的事物出现在眼前,我不知道前面还有什么，只一味走着，看个不停。我看见一艘废弃的木船，船舱里灌满泥浆。船的边上，落着沾满尘土的渔网，箩筐似的叠成一堆。相比自然界的生机勃勃，人类活动留下的痕迹显得暗淡而突兀，毫无美感可言。

那一刻，我似乎听见水声。循着那片开紫花的藿香蓟径直走去，果然看到一条约半米宽的溪流。它欢快地流淌着，就像一条浅褐色的绸带在风中自由地扭动身子，只是那声音如此微弱，仿佛叹息。可它无疑充满活力，一刻不停地流着，将漩涡和动荡藏起，将战栗和激情掩藏，呈现出一副舒缓、从容的模样。终于，它在流经一个低处的坑洞时，甩出了漩涡和水花，同时将涟漪扩散至下游，以至于整条溪上都水光激滟，柔波粼粼。声音也在那一刻大了起来。水的声音，要怎么形容它呢？它们真是美好，就像小鹿饮水发出的声响，就像溪的喃喃自语，就像风的呓语，它根本不想被别人听见，只要自己听见就够了。可那个声音，只要耳朵听过一次，便再也无法忘记。

什么时候，我在别处也听过那样的声音，然后又忘却了？我一路走，一路听着似有若无的水声，想着很久以前听过的声音，它们还在我的耳边回响——有时通过风声，有时通过音乐。这片河滩忽然变大了，无限地扩张，囊括了所有，什么都可看见，什

么都可听到。我只想一直走下去，好像如此便能走到与童年接壤的地方，走到某个熟悉的角落里。

很多年前，那个春天，我住在一个山谷里。房间对着一条进山的小路，芳草幽香，落英缤纷。那些夜里，天地变得无比安静，我好像拥有了在山下时所没有的感觉器官，与别人不同的鼻子、眼睛和耳朵，世间万物都落入其中，无一遗漏。我并不知道山谷里那些事物的名字，也不想一一分辨和知晓，但我能感觉到它们的存在。一种神秘的能量因我而来，聚集在我身边。那几日所感知的一切，超过了后来绝大多数日子的总和，真是奇迹。

此刻，暮色笼罩下的这片湿地，也予我这种感觉。与身处人群之中迥然不同的感觉。在我面前，世界在原有的基础上变得更为开阔了，此时此刻出现在眼前的事物，就像那山谷里的事物，有了不一样的活力与意味。

这些石子滩、草甸、芦苇荡、池塘、红树林，这片漫无边际的湿地，以这样的形式和契机出现在我眼前，好像具备某种诗意和节奏。在此过程中，水或隐或显，以不同模样出现。整个世界都在水里，都将获得水的滋润。小溪到处流着，早已远离原先的溪床，无拘束、无障碍地奔流，或戛然而止，或藏进地底深处，销声匿迹。

水库可能在远山的那头，那是所有水的源头，我看不见它们，却比任何时候更能感觉到它们的存在。那些野草、野花、灌木丛，顺着水迹蔓延，以不同状貌交替出现，逼着我去一一辨认。一路上，暮色一点点从低处漫浸上来，我再次发现了鼠曲草、蒲公英、艾草和酸模的踪影，它们或寥寥几株散淡地现身，或呈单一规模的聚集状态。最多的是蓼子草，叶片紫红色，花蕾也为紫红色，铺满一地，像软垫。据说，蓼子草蜜质浓稠，色香味类似荞麦蜜，是群蜂过冬的好食物。

但我出现在那片蓼子草身边的时候，并未发现蜜蜂的踪迹，这种半冬眠的动物大概还躲在蜂巢里取暖。有一次，在都市的马路边，我蹲在一丛三色堇前，看蜜蜂在不同的花瓣间飞舞，选择性地进行类似"吮吸"的动作，发现它绝不在刚刚开放或含苞待放的花蕾上工作，它的对象是处于全盛期的花朵。我第一次明白什么叫"博采众长"。这个成语是对蜜蜂辛勤工作的最好注脚。

当一个人将全身心凝注于某样事物上，世界就不再是之前所栖身的那个，一座座隐秘的空间被次第推开，那是关乎存在与时空的深度凝视。无论动物还是景物，都具有了某种精神性，具有了一种野性的、自由生长的力量。

我知道土地是有记忆的,尤其是一片被水浸润过的大地。水在撤退的过程中,早已先验性地将一些最重要的东西抛下,或菌丝孢子,或果实种子,或营养器官。什么都有可能。我曾在花园里种过薄荷,某日将它连根拔起、清除殆尽后,第二年,相同的植株仍从原地长出来,甚至更为繁茂了,如此顽固,且除之不尽。任何生物只要在土里存在过,便将永远存在下去。

这片暮色笼罩下的湿地,又有多少这样的生物默然生长、卷土重来?哦,我终于看到了白鹭,它们在水面、在空中、在云上,像影子一样滑过,像精灵一样放出光辉,好似梦中之物。脑海里忽然冒出那句诗,"白鹭下秋水,孤飞如坠霜"。这到底是冬天了,天空像是湖泊的延伸,隐隐渲染出另一个世界,一个宛如幻境的世界。我从未见过比这更优雅的飞翔,好像它们不是用身体在起飞,而是以整个意念。在它们面前,人类的行动显得如此笨拙和可笑。

尽管只是惊鸿一瞥,但白鹭之于湿地,就像是某种召唤。它们像是由这片风景酝酿产生。此刻,它们扑扇着翅膀,向着黛色的远山惊飞而去。眼前的山脉缓慢起伏,层叠无尽,近实远虚,随着暮色降临,烟岚也从谷地升起,清澄、宁静、无边无际。我想起东山魁夷的风景画,他在《乡愁》里竭力摹写的那片山林和谷地,湖水、远山皆呈蓝绿色,就像梦境。东山魁夷笔下的风景便是他心底故土的折射,是另一种意义上的乡愁。一个艺术家可以没有地理上的故乡,但他无时无刻不在寻找心灵的归宿地——哪怕它们不断被弃而远之,哪怕它们最终被证明只是一场虚空,但这样的寻找从未停止。

白鹭从这片风景中消失了。转身四顾,起伏的山岭绵延出一片柔和、无尽的轮廓线,而人就在这群山环绕之中。想起《哈姆莱特》中的一句话,"即使身处果壳之中,我仍然是宇宙之王",这里的一切也给我这种自由感,安然、自足,似乎什么都有,什么都不需要。只想在暮色彻底降临之前,多看几眼这自然山色的变化,多聆听几遍流水的乐章和鸟儿的啼鸣,看天色如何将池水描成墨灰色,看大地何时重归寂静……这个过程中任何微妙的变化,都足以唤起人心底深处的热情与渴念。

风景的魅力在于它是即时的,一切都在变化之中,一切都在猝不及防地到来,就像我们的人生。它是迅疾的,不可知的。它又充满生机。无论多么峻急、酷烈,始终不曾放弃最基本的生之希望。

我留恋着,四处张望,不想就此结束这游荡的旅程。离我不远处,有一对恋爱中的青年男女,他们已在此地逗留很久,此刻

正并排坐在一截黑黢黢的树干上，低声聊着什么。他们或许在等待什么，或许完全忘了时间。在他们四周，一些缓慢、模糊、暧昧、悠闲的气息正逐渐散布开，与爱有关的气息，也是这片风景带来的。这里不是商场、咖啡馆、公园绿地，而是一片田野湿地，它无主，无照明，不确定，不归任何区域管辖。它近乎荒野。爱与荒野，就像清风、明月，都是上天无上的赐予。

而我有幸身在其中。它带给我一种微醺感，就像酒徒面对美酒，饕餮者在食物面前的沉醉感。想起小时候常常待在一个类似"围"的空间里，比如帐子、老式的床榻，它们让人感到安全，有一种空间的深度和被庇护感。

这片群山环绕的湿地，安静、空旷、自足。此刻，手机屏幕上显示的时间为下午五点二十五分。从闯入的那一刻起，一个小时二十五分钟过去了，静谧像波浪在林地起伏。草木才是这里的主宰。流水过后，它们就回来了，重新占领了一切。这世上真正的思想应像自然中的植物，越成熟便越接近澄澈和洁净。

暮色正在降临，眼前的低洼、凹陷处都是积水，水越来越多，可仍不见水库的踪影。其实它就藏在蓝色山脉的那头。地图上，长潭水库位于黄岩西部的丛山之中。从山间汇集而来的流水，沿库区的北洋、平田、上垟、富山、宁溪、上郑、屿头等地，奔流入水库。水质清澈，宛如甘泉。它有六个西湖那么大，沿途要经过近一百个村子，惠泽四方。自然的伟大并非因其全然静止的存在，而在于其奔涌不息的生命力量。

而白鹭湾湿地公园就在上垟乡，位于北纬二十八度三十二分，东经一百二十一度，海拔四十米。一条隐秘的道路在此展开，通过水声，通过树和灌木丛，通往一个幽暗、温暖的世界。离开的时刻到了。回去的路上，草木之形影影绰绰，水的声音却适时响起。微小之物的鸣唱也跟着出来了。自然的欢欣大概有一半是在声音里。

远处，山影朦胧，湖气上升，大地就要进入一天中的沉睡状态。此刻，作为一名贸然闯入者，除了从这自然的世界里退出，还能做什么？

但我不会忘记这一个多小时内遇见的一切。况且，我还带走了三片池杉的叶子，一片浅黄，一片深褐，一片介于两者之间。我要将此带入平淡的生活里，并让它们绽放光彩。在冬天，每片叶子都是一朵花，越是寒冷，越是色彩纷呈。池杉的叶子不是水杉那样的羽毛状，而是螺旋伸展，有点像棉线。它让我想起圣诞节，想起麋鹿和雪地里的铃声。我还带走了两颗果实，它们呈现松塔的形状，但没有松塔的刺感，上面布满美丽的花纹，在绿色与黄褐色之间游荡，就像微风吹拂，让人想起地球板块间的移动与碰撞。如此美好，充满奇幻感。

自然以它的丰富和浩大给我们以回馈，有时是一片叶子、一粒种子、一声鸟鸣，有时是一阵轻盈的水声。此刻，在这暮色降临的湿地公园，我的耳朵开始最后的聆听。亘古以来，只有自然的声音从未改变。

（本文发表于 2023 年第 10 期《广西文学》）

【作者名片】

何婉玲：浙江省作家协会会员。出版图书《四时的风雅：唐诗里的日常之美》《山野的日常》，与人合著出版图书《这是我想过的日子》《各自去修行》《唯食物可慰藉》《山野民宿：从山中来》《山野民宿：到山中去》等。作品《母亲的早餐铺子》被 CCTV-10 科教频道《读书》栏目选播。

小寒围炉暖

何婉玲

看北宋画家李公麟的《西园雅集图》，米芾为该画作序："水石潺湲，风竹相吞，炉烟方袅，草木自馨。人间清旷之乐，不过如此。"在南宋画家马远的《西园雅集图》中，还可见几个仆人正蹲在地上烧水煮茶。

水石潺湲，炉烟方袅，古人围炉煮茶多在清溪之畔，密林之下。宋代张伯玉《后庵试茶》即有诗句云："岩边启茶钥，溪畔涤茶器。小灶松火然，深铛雪花沸。瓯中尽余绿，物外有深意。"

围炉煮茶始于南北朝，兴盛于唐宋。因煮茶用的风炉轻巧，便于携带，山野郊外，取薪方便，林中溪水就近可掬，还能洗涤茶器，珊珊翠竹，松风水月，如此围炉林下，不仅有湖山乘兴之味，更有高蹈世外的山林妙趣。陆游《雪后煎茶》有云："雪液清甘涨井泉，自携茶灶就烹煎。一毫无复关心事，不枉人间住百年。"

再看明代文徵明的《林榭煎茶图》。画中，山丘起伏，湖平如镜。一边是青山有崖，林木有枝，一边是杂树绕屋，竹篱成院，一小童正在室外煎茶。

煎茶，指的是将茶叶研磨成末，投入滚水中煎煮。风炉、铫子，是煎茶的常用器具。

文徵明画中的山，让我想起黄岩的布袋山；画中的屋舍，让我想起布袋坑村的老房子，也是在林下。那日去布袋坑村，天正微雨，村中溪水清流，一抬头，看见老房子里一群穿着粗布棉袄的老人围着个大铁盆烤火，火盆里燃着一根大木桩。村头有两棵鹅掌楸，屋后一片竹林，衣服晒在屋檐下。这些老人一年到头不下山，好似住在深山古村的一群现代古人。这大概是人间最朴素的古村围炉烤火图。

郁达夫说："凡在北国过过冬天的人，总都知道围炉煮茗，或吃煊羊肉，剥花生米，饮白干的滋味。"

在我看来，围炉煮茶要看天气的。小寒天气，微雨最好，再或是晚来天欲雪。那是被我幻想过无数次的场景，与友对坐炉前，不管屋外的雪何时落，在屋内的我们感受不到一丝寒意。

煮茶，我喜欢老白茶。都说白茶三年是药，七年是宝。壶里

的老白茶，每次倒出的汤色都不尽相同。从淡转浓，又从浓转淡，就像这人生，从少年的单纯，到青春的浓烈，再到中年的平淡，滋味也在茶汤的浓淡中转换。

感冒高发阶段，白茶里还可以添几块雪梨。雪梨炖煮是生津良方，雪梨的果香与白茶的药香相融，更有绵绵无尽的温暖妥帖之味。伴着咕嘟嘟的水沸之声，雪梨香气飘散，空气中也有了丝丝的甜。

相较煮茶，我更爱煮酒。冬日里，自然是热的米酒最好。

布袋坑村的米酒就很好。可惜山太高，村庄太遥远。可正是因为山太高，村庄太遥远，才能尝到如此好喝的米酒。一大缸一大缸的米酒，在昏暗的屋子里，沉默不语地酝酿着醉与微甜。酿酒师傅邀请我品尝他的酒。幽暗的室内，灯光只亮了一盏，我喝了一杯老米酒、一杯新米酒，还有一杯野生猕猴桃酒。

喝着微甜的米酒，一杯复一杯，让我想起李白的诗："两人对酌山花开，一杯一杯复一杯。我醉欲眠卿且去，明朝有意抱琴来。"

围炉喝酒，两人最佳。见他杯子空了，轻轻将热酒续上。两个人喝酒也可以是安安静静的，彼此轻声说着话，推心置腹，聊到最后，也有了缠绵悱恻、意犹未尽的意味。

　　三个人喝酒呢，三个女人为妙。三个女人围炉夜话，旁若无人，谈笑风生，聊什么都有意思。红扑扑的炭火，映照着红扑扑的脸，忽然就有了风情。

　　黄岩南宋诗人戴复古的父亲戴敏，曾写："三杯暖寒酒，一榻竹亭前。为爱梅花月，终宵不肯眠。"有酒，有花，有友，归竹窗下，香气怡人，如此围炉，定是"终宵不肯眠"的。

　　戴复古有个朋友丁石，是黄岩温峤人，也会写诗，他写道："罗列椒盘人未眠，红炉围坐笑灯前。时光过隙那知老，才到鸡鸣又一年。"红炉围坐，最宜夜晚。除夕之夜，围炉相笑，暖室融融，哪舍得睡，哪舍得走？哪怕鸡鸣又一年，也不觉时光易老。

　　火炉的网格架上，除了陶壶里煮的茶或酒，最吸引人的还是外围一圈的吃食，橘子、柿子、红薯、馒头、花生、栗子，老少皆宜。

　　烤橘子，我用的是黄岩蜜橘，个头小，名头大，皮薄，无籽，样子好看，俏生生，敞敞亮，颇有新年喜气。炉火将橘子一烤，包裹着一瓣瓣橘瓤的透明薄衣愈发脆了，咬在嘴里，是爆汁的清甜，甘香满溢。

　　红薯呢，用锡纸包裹着。明代高濂，在一个雪夜，偶宿禅林，看见"从僧拥炉，旋摘山芋"。山芋就是红薯。就在这飞雪敲竹的山窗寒夜，高濂和僧人围炉，边剥山芋边谈论什么是禅。烤过

的山芋，"味较市中美甚"。

橘子清润，馒头香软，红薯滋滋冒着甜。偎炉大嚼，不亦乐乎？

围炉能在林下泉边自然最好。不能成行，在家架炉煮食，也别有趣味。我在网上置办了一套围炉工具，花费一百有余。炭火亦可网购，有不生烟的龙眼炭、橄榄炭可选。

张恨水每年都会在书房屋角安一个炉子。他说，尽管玻璃窗外，西北风作老虎叫，雪花像棉絮团向下掉，而炉子烧上大半炉煤块儿，下面炉口呼呼地冒着红光，屋子内就会像暮春天气。他说，假如你是个饮中君子，炉子上热它四两酒，烤着几样卤菜，坐在炉子边，边吃边喝，再剥几个大花生，你真会觉得炉子可爱。

除了我们常烤的花生、面包外，张恨水还烤过咖喱饺子，甚至烤过夹着猪头肉的火烧。他说，那种热的香味很能刺激人食欲。斟一杯热茶，就着吃，饱啖之后，还可伏案写一二小时。

烧水煮茶读书，这样的生活，让我心安理得待在家，外面的大千世界都无法引诱我出去。人间清旷之乐，不过如此！

（本文以《围炉煮茶　人间清旷》为题发表于2023年2月1日《解放日报》）

翠屏山中记

何婉玲

一

我极少在六月上山。江南六月,天气已炎热异常,没想到翠屏山上倒是清凉。山上没什么台阶,来的人又少,野草蓬蓬长得有一人高。老方有先见,提了把柴刀,柴刀藏在帆布袋里,不轻易拿出手。一路山行,老方走在最先,有刀在袋,山行坦荡,纵是遇到些虫蛇小兽,也无惧无忧。

这位手提柴刀的老方是古钱币研究专家,从小在翠屏山长大。他的外婆十里红妆嫁到翠屏山下的村庄。一路上,他将外婆讲述给他的翠屏山故事,又一一讲述给我们。山中的草木古道、飞流瀑布、石刻洞穴,在他年少时的一次次奔玩中,早已刻印在他脑中。

老方是翠屏山中行走的地图。

六月山中,野栀子喷薄着花香,金樱子顶着一个个青色酒罐,金银花落了满地,淡黄色的木荷一树一树开得典雅又秀气。山里的花竟是这般好看。我们经灵岩水库去看黄缙衣冠冢。衣冠冢前开了一种萼片雪白、形状如叶的野花,花朵像黄色五角星。它叫玉叶金花,花名俗气,叶子却别有风味。吉敏老师教我吃它的叶子,在口中慢慢咀嚼,最后吐出渣滓,呼一口气,沁凉清爽。再喝一口水,舌尖跳跃起一种非薄荷却凉丝丝的草叶香。

山中草木茂盛,野杨梅结着果子。杨梅树叶子密密匝匝,一颗颗娇小玲珑的野杨梅挂在枝头,撩人地晃荡着酒液般诱人的殷红。

我努力伸长胳膊,用力踮起脚尖,甚至费力一跳,可惜手中空空,颗颗杨梅仍在枝头,深红紫红。我满头大汗,再一踮脚,仍是落空。同行的老方个高,为我摘了一颗。果肉紧密,殷红饱满,我递进嘴中——汁水四溢,甘甜酸爽!

骄阳烈烈,坐在野杨梅树下吃杨梅,满口生津,像大热天读《三国演义》,跌宕起伏,血脉偾张,酣畅淋漓,只想大呼一声:爽哉!

南宋时,黄岩人已在山中种植杨梅。《嘉定赤城志》载:"近岁土人所植,多大而甘。"南宋朱熹在翠屏山樊川书院讲学,步行上下山时,不晓得是不是也会和我一样,踏过蕨草遍生的山坡,伸手摘下一颗新鲜的野杨梅,或是和我一样叹息,那些等不到人吃的杨梅,最终只能一颗颗落下,静静躺在山径上。

明朝内阁首辅李东阳在北京第一次吃到枇杷,感动得痛哭流涕,说"不禁清泪满衣裳";当他在北京第一次吃到杨梅时,又激动到浑然忘我,竟"沁齿不知红露湿",大赞杨梅"价比隋珠"。杨梅保鲜一直是大难题。明朝从江浙一路漕运进京的杨梅确可"价比隋珠"了。李东阳若是知道我站在一棵杨梅树下,边摘边吃,果肉丰盈,汁水红艳,怕是要嫉妒得肠子都痛了。

吃了野杨梅,下山,路遇七星宫庙。进门讨水喝,师父见我们热渴难耐,竟又提出一篮野杨梅。野杨梅个头小,颜色鲜,应是当日刚摘下。

野杨梅的好,好在酸得凛冽,甜得朴实。吃一颗七星宫的野杨梅,酸,酸倒了牙,酸得人陡然清醒,酸得一路山行劳累顿消。

上山前一日,曾在黄岩市区吃到新上市的东魁杨梅。东魁杨梅大如乒乓,一斤杨梅不到二十颗,售价一百二十元。一根根肥美果柱紧紧挨着,密不透风,每根果柱顶端缀一颗红宝石似的珠子，柔软多汁，甜蜜满口。

这才是杨梅中的极品美味啊。

文震亨在《长物志》中写道："杨梅吴中佳果，与荔枝并擅高名，各不相下，出光福山中者，最美。彼中人以漆盘盛之，色与漆等，一斤仅二十枚，真奇味也。"他说，出自苏州光福山的杨梅最佳，那里人用漆盘盛放杨梅，杨梅的色泽与漆盘一样鲜亮，一斤杨梅只有二十颗果，尝之，真美味也。可惜文震亨未吃过黄岩的东魁杨梅，他若是吃了，怕是要立即回去改写《长物志》了。

老方说，天下东魁杨梅皆来自黄岩区江口街道东魁村一棵树龄一百八十年的东魁母树。它的枝条不断嫁接，子子孙孙树遍布四处，但仍以台州一带最好。母树所生杨梅，大小已不如子孙，我摘了一颗，味道样貌皆无惊艳。

但又何妨，好滋味已遍布山间。

下翠屏山后，在山脚大排档吃了一碟冰镇杨梅，杨梅颗颗乌黑，嚼着如冰果子般，一粒一粒停不下嘴。

这一日在黄岩，无论去哪儿，总有人递来各种杨梅。这大约就是黄岩人六月的快乐吧。

二

离开黄绉衣冠冢，行在山中柏树道中，隔林听到溪声，以为有条河，又以为在下雨，只闻水声一叠又一叠。透过一重又一重的林木窥探，竟是一条白练般的瀑布，如游龙闪现在山中。

一路登山渡水，过绿树清溪，若没有老方带路，我大约早已迷失山中。正当我彻底失去方向时，忽有一挂瀑布赫然入眼，琅琅作响。莫非就是我在山头窥见的那帘瀑布？它哗哗然从高处的石壁坠向深潭，直直坠下去，仿若积蓄了整个夏季的力量，翻涌着无穷无尽的水，碎绿摧红，在山谷里轰然炸开。

即便如此，你站在它面前，只觉得有一种世外桃源般的宁静，风澄水澈，叠烟架翠。这挂瀑布好似一位裙袂翩翩的仙女，飞珠溅玉，白如凝脂，身形飘逸。水声轰鸣，却清脆醒耳，令人物我两忘。

一旁石壁下，一束栀子花正在开放。

瀑布下有一深潭，潭水由极浅至骤深。浅处水色浅，深处水色深。老方说，翠屏山共有六潭，此潭为三潭，又名灵岩潭，深不见底，村中老人说，此潭直通东海。有人用藤线系石头测试水潭

深度，一卷藤线用尽，仍未探至潭底，可谓无极。

瀑布边有一片石头堆垒的墙基，高约两米，乃八百年前擘翠亭的亭基。《赤城新志》载："樊川书院，在黄岩县杜家村。晦庵先生与南湖、方山二杜公讲学之地。旁有擘翠亭，亦先生所建。"《黄岩县志》记："黄岩县灵岩有飞瀑，垂崖而下。宋庆元四年，令常浚孙亭其上，曰擘翠。"

南宋庆元四年（1198）建成的擘翠亭，曾翼然临于深潭之上，如今徒剩一派荒凉冷寂，竿竿翠竹，泠泠冷泉，空谷幽鸣，已无遗迹可寻，甚至连指示牌也没有。若没有老方指点，即便到了跟前也无法想象这里曾有的溪亭日暮、诗人唱酬和如梭游人。

至于樊川书院，其所剩院基掩映于藤蔓之中，基上苦竹纵生。樊川书院为黄岩杜家村人杜烨、杜知仁所办。南宋淳熙年间，朱熹两次在台州为官，在樊川书院著书立说，讲书教学，开黄岩一代教育之风。朱熹的黄岩门人弟子多达十四人，杜烨、杜知仁也在其中。南宋右丞相杜范少年时跟着叔祖杜烨、杜知仁学习朱熹理学，受到良好儒家教育，可视为朱熹的再传弟子。后人评："樊川书院堪与新安、考亭鼎列为三，以宇内鼎峙之书院。"

曾经的樊川书院也有白墙灰瓦、翘角飞檐，我在黄岩博物馆看到过复原后的樊川书院大门，青灰色砖瓦，花枝人物石雕精美繁丽。

朱熹离去后，"大学之道，在明明德，在亲民，在止于至善。知止而后有定，定而后能静，静而后能安，安而后能虑，虑而后能得"的琅琅书声依然萦绕在松林竹苑，同山中流淌下的溪水一样，迸发着银瓶迸裂的珠玉之音，醒人心性。

南宋一朝，黄岩中进士者达一百八十多人，可谓名副其实的"东南小邹鲁"。黄岩有一条"进士街"，即五洞桥西首桥上街，街上赵氏一族出了赵师渊、赵师雍、赵师夏等三十多位进士，至明清时期，赵氏和徐氏又出六名进士，为中国科举史上罕见。黄岩又有"进士村"，嘉泰二年（1202）至景定三年（1262），黄岩松岩山麓的葛村，六十年间出了诸葛若、诸葛省己、诸葛泰等六名进士。黄岩甚至曾有"一门六进士"的盛况，黄岩诗人左纬的三个儿子左璠、左玙、左珌和三个孙子左伯畴、左赉、左伯朋先后中进士，一时之间传为美谈。黄岩民间还流传着"十八进士共一家"的佳话，南宋咸淳元年（1265），黄岩车若春、王所等十八人金榜题名，相约同去讴韶车若春一家欢聚一堂，十八进士饮酒赋诗，此后便有了"讴韶车，十八进士共一家"的美谈。

我怀想着淳熙年间的樊川书院，初夏夜晚，朱熹缓缓从书院门口走出，夜阑人静，松风满耳，山谷清寂，抬眼一望，明月落怀。

三

我拣了一张长条木板凳,坐在翠屏山灵岩洞中小憩。灵岩洞,曾是杜范少年读书之地。在老方印象里,曾经的灵岩洞,洞口大,洞内深,有多深,他记不得了。现在的灵岩洞改成了一座寺庙,庙里陈列着仙人和菩萨,还住着一个懒和尚。懒和尚不在庙中,山道上的枯枝、杂草也懒得清理,偶有居士过来帮忙打扫。

洞中案桌上摆着两盆蟹爪兰,蟹爪兰没开花,从蟹爪兰叶子空隙里钻出来的粉色酢浆草倒是开得娇滴滴的无比可爱。

做个懒和尚好,云游山中,云深不知处。忽然间觉得有些闲云野鹤意味。

灵岩洞内幽凉,洞口有一块平台,平台前有一棵巨大的油桐树,结着无花果状的青色油桐。还有松,松生空谷。洞口上方镌有朱熹书"寒竹松风"四字。"松"这字好!又绝尘,又寂静,又出世,又隐匿,自带清绝气质。"明月松间照""空山松子落""松老入寒云"……好似只要带个"松"字,句子就有了清幽意境。

"寒竹"二字,让我想起杜范当年洞中苦读的艰辛与孤寂。

宋淳熙九年(1182),杜范出生在翠屏山下的杜家村。少年杜范就在洞中苦读。夏季不是读书天,蚊虫遍布,洞中充斥着苍蝇和蜜蜂振翅的声音。但洞内清凉,没有市井喧嚣。读书人在山中,心无旁骛,读书如归隐,不像如今,到处分心。纵是洞外莺飞燕舞,花气袭人,杜范也一如既往,足不出户,伏案读书。

青青草地,夜虫鸣唱,杜范像无数个寒窗苦读的学子一样,度过了无数个废寝忘食、悬梁刺股的日子。

嘉定元年(1208),杜范二十六岁,中进士,踏上仕途。他从黄岩一路走向全国,官至右丞相兼枢密使,是黄岩历史上官职最高的人物。

山脚下日夜耕作的山民,谁也没有想到,这么一个贫苦的山中娃子能考中进士,当上大官,成为一个有知识有学问的大才。

杜范为官,安贫乐道,清廉自守,勇于谏言。任宁国知府时,见灾民啼饥号寒,主动捐出自己的俸禄,还劝富户发粮。杜范病逝,理宗难过得辍朝减膳三日,赐谥号"清献",赞其是清正廉明的贤臣。清代学者称其为"南渡宰臣之冠"。

灵岩洞,又名"空明洞",杜范写《空明洞》诗:"莫讶青山小,山因洞得名。仙人骑鹤去,留迹在空明。"宋进士王珏亦有《空明洞》诗:"瑶草琪花半已空,洞门寂寂自春风。千秋只鹤无时返,安得蓬莱有路通。"

　　灵岩洞边有许多明代摩崖石刻,可惜因雨水冲刷,苔藓遍布,许多字迹已看不清。蜈蚣在石刻缝隙里爬。我找到"空明"二字,在黄绾《小有吟》一诗中:

　　　　　　　宁江之南阴壑古,宁江之北石壁削。

　　　　　　　两有空明皆洞天,江北之壁可高阁。

　　　　　　　阁下飞流松岭云,缥缈变化横碧落。

　　　　　　　便觉意与神灵会,那知不接蓬莱外。

　　　　　　　吾今老此欲何为,阒阒春秋异风霭。

　　"空明"二字好,不枉我们一路拨草斩棘,踏石过溪。

　　如何好? 空和明,是翠屏山的模样,也像人生的模样。

四

　　今年春天在布袋坑村,遇村中一中年男子,他一高一低挽着的裤腿还没放下来,静悄悄跟在我们身后,也不说话,就是静静地跟在后头走。我回头望他,他才开了口,春笋要不要,自己家

竹林里挖的。我摇摇头,继续看风景。他依然跟在身后,也不说话,我再回头望他,他才又开了口,山后头有个水库,要不要带你们去看看。我依然摇摇头,继续看风景。

回去后,总有遗憾,我应该买些他的笋的。老方告诉我,黄岩的笋,壳白,肉嫩,脆甜。苏东坡在《送笋芍药与公择二首》中写:"故人知我意,千里寄竹萌。骈头玉婴儿,一一脱锦褓。"苏东坡将洁白如玉的新笋比作刚出褓褓的婴儿,黄岩的笋也是这般,嫩白如婴。临安叫这种乳白的新笋为"孵鸡笋",嫩如新孵小鸡,可见笋之新美。

好在,今日在翠屏山,吃到了黄岩的笋。虽已过了春季,潜伏在泥土之下的竹萌仍躲不过老方的眼睛。我们在七星宫庙中吃野杨梅的那一会儿,老方的布袋已兜了一袋鲜笋。提着鲜笋直接下山找大排档的厨师料理,便有了林洪《山家清供·傍林鲜》中"夏初,林笋盛时,扫叶就竹边煨熟,其味甚鲜"的意味。

林笋之好,贵在鲜。

山下厨师用肉片与林笋同炒,加猪油、香葱——呀,翠屏山的笋真是甜的!李渔《闲情偶寄》中说:"论蔬食之美者,曰清,曰洁,曰芳馥,曰松脆而已矣。不知其至美所在,能居肉食之上者,只在一字之鲜。"翠屏山之林笋,清、洁、芳馥、松脆皆备,尤以"松脆"与"甜",为他笋所不具也。

有趣的是一盘笋炒肉片,一圈下来,笋被大家搛完了,只剩满盘肉片。

鲜甜酥脆的笋,应用火腿去炒,火腿晶莹红润,火腿肉、笋皆切薄片,最后搁几根碧青的长葱段,油润过的笋和肉,好似下过雨的春山。由笋和火腿共同吊出来的鲜,鲜掉眉毛且不说,说不准你也想同老方一样,在帆布袋中暗藏一把柴刀,亲自上山挖笋去了。

美国"国家公园之父"约翰·缪尔写:"只要我还活着,我就要倾听风儿、鸟儿和瀑布的歌唱,就要读懂岩石、洪水、风暴和山崩的语言,我要和原野、冰川交朋友,尽我所能地贴近大自然的心。"

观山、看水、听风、寻石、赏花、挖笋,即便住在城市,我们也要尽可能地到自然中去。

(本文以《在黄岩爬山》为题发表于 2023 年 8 月 10 日上观新闻)

长潭的日常，正是美味的非常

何婉玲

一

冬季,六条急行如箭的渔船从岸边出发,水面上薄雾蒙蒙,冬季的长潭水库,有一种凉凉的淡青色,淡青色的水下早已布下一张巨网。

经过一段充满期待的等候时间,三条渔船相向开始收网。渔船慢慢靠近,悠游水中的胖头鱼们随着巨网的逐渐收拢,慢慢感受到活动空间越来越拥挤,它们顺着逼过来的渔船和渔网,全部挤进由渔船围拢起来的闭合三角形"鱼塘"。

数不清的大鱼在"鱼塘"中相互推搡,空间越来越狭窄,窄到没有腾挪空隙,最大的一条胖头鱼,首先"啪"一下,轰然一跃腾空而起! 那一瞬,有鲲化为鹏,扶摇直上青云的浩然之气。接着，数不清的胖头鱼轮番跳出水面。水声轰然，回响不绝，鱼跃人欢。这样的场景，单凭想象就足够感知那种惊心动魄了。

因为长期生活在长潭水库的广阔水域，这些胖头鱼身子饱满结实，鱼头硕大，鱼尾有力。水库中生长五年的胖头鱼可达十斤。捕捞队员们挑选出三斤以上的胖头鱼、鲢鱼，同时将体重未达标准的小鱼放回水库，让其继续自由生长。

此番收网，一网获鱼三万斤。随后，渔船还进行了二次捕捞。两次共计收获大鱼五万斤。

五万斤有多少条胖头鱼我不知道，我只知道，在黄岩区北洋镇长潭村的餐馆吃胖头鱼，没有"踩雷"的。

二

服务员端来一大盆红烧胖头鱼，旺火炖了四十五分钟，汤汁一点点浓缩，已浓稠至琥珀之色。鱼肉大块，雪白细嫩，令人食指大动。

在长潭村吃胖头鱼，揭开鳃盖，你会发现清理掉的鱼鳃空隙处填满了干红辣椒、咸肉、洋葱、生姜，如此炖出的鱼头，毫无土腥味，唯留鲜与香。

鱼脑是我的至爱，半透明胶质状，比果冻还要细腻爽滑。鱼嘴亦是我的心头好，肥腴醇厚。最值得回味的当是吮骨，搛一块胖头鱼头上V形回旋镖状的大骨，用力一吮，一股细细汤汁从鱼骨孔隙中迸出——这是人间至味。

朋友说，他父亲那辈，吃的多是鲤鱼和鲫鱼。得益于近年对水库的建设和养护，才有环境滋养出如此肥嫩鲜美的胖头鱼。好山好水出好鱼，如今的胖头鱼，毫无疑问已是餐桌上的“鱼界顶流”。

胖头鱼除了红烧，大锅白烧也是绝佳。要将鱼头烧出一锅奶白色的浓汤，诀窍在于先煎后煮。如何煎？大锅中放猪油，用咸肉、葱、姜、蒜瓣煸香。接着放鱼头，两面煎香至微微起皮，再沿锅壁一圈淋入两勺料酒。如果你在长潭水库边吃大灶鱼头，大厨不怕在你面前现煎现煮，也不怕你学了去，那是因为长潭水库的鱼好啊，又得近水楼台之便，这样的天时地利，你可有？

清代李渔在《闲情偶寄》中说：“食鱼者首重在鲜，次则及肥，肥而且鲜，鱼之能事毕矣。”肥而且鲜，长潭水库的胖头鱼兼具两美，那是长潭水库的水、长潭水库的浮游生物、长潭水库的松花粉、长潭水库的优渥气候滋养出来的，只要不是手艺太差的厨子，皆能料理得当。

每次在长潭村吃胖头鱼，总见桌上摆一罐红糖，有一次好奇心起，忍不住问如何食用。阿姨笑答，舀一勺红糖，热水泡开，黄岩人都这么喝。红糖水可比茶水滋润养胃呢！

红糖水甜润，胖头鱼鲜美，不远处的长潭水库碧波沉静。吃完晚餐，已是夜阑人寂，水库边灯火荧荧，放眼看，恰是湖光山色两相和，一江明月碧琉璃。

三

来长潭村吃胖头鱼的人，临走时总不忘再提一笼番薯庆糕回去。

在黄岩，番薯又名蕃莳。方言中，"蒸"与"庆"同音。因此，蕃莳蒸糕现被叫作番薯庆糕。庆字好，念在嘴里，有吉祥喜庆之意。

长潭村的丽萍姐骑着电瓶车去家中提了一大袋糯米粉和番薯粉过来，新做了一笼庆糕。将糯米粉、番薯粉倒入木制饭甑，番薯粉磨得细密又绵软，接着铺上一层红糖，黄岩手工红糖细如沙，然后继续填入糯米粉和番薯粉，用平铲将粉面压平，不留一点凹凸和褶皱，再用竹做的刀片横竖各划一刀，将一个圆形庆糕

等分成四块，撒上白芝麻、黑芝麻、红枣、青葡萄干、紫葡萄干，轻轻盖上纱布，再拿一顶形如竹笠的尖顶帽子罩着，放在热水上蒸五分钟。

每个动作都无缝衔接。

她又马不停蹄地将上一笼庆糕从纱布中倒出——秋天时会再撒上一把干桂花——用食品袋包起一块庆糕递给我："尝尝吧，热的好吃，但小心烫。"

庆糕入口细滑，甜而不腻，软糯筋道，有红糖流心。黄岩番薯庆糕与别处的最大不同在于沉甸与瓷实，丝毫没有蛋糕的蓬松感，好似压缩紧实的糕团，吃不了多少就饱了。

在丽萍的记忆里，庆糕却和小时候的困顿生活联系在一起。"小时候吃庆糕，是因为穷。粮食不够吃，山中多种番薯，是上好的粗粮，将番薯做成糕，吃了就有力气。"说完，她笑起来，"现在吃庆糕，倒不是因为穷，也不是因为吃不起其他的，而是作为一种零嘴，或是一种方便的主食。当然，也有送人的。番薯庆糕成了长潭村的特色美食，黄岩其他地方也做庆糕，但没有长潭村如此成规模。"

我问："当地人家家都自己做吗？"

她说："太麻烦了，为了做一笼番薯庆糕，要将番薯切丝晒干，磨成粉，再将粉筛得细细的。揉面也耗时，光醒面就要五个小时，加上清洗蒸具等各种工序，太麻烦了，不如买一笼呢，又不贵，一笼二十元，可供很多人吃。"

长潭村番薯庆糕有原味、玉米味、紫薯味，我各买了一笼，准备拿回家当早餐。蒸笼中的热气，袅袅腾腾，最可爱的还是蒸笼上的竹制尖顶帽，在热水蒸腾起的轻烟白雾中，竟有些"青箬笠，绿蓑衣，斜风细雨不须归"的江南风韵。

四

去年冬日在长潭水库吃了胖头鱼、番薯庆糕后，又去看了红杉林。火红、金红、棕红、浅红、深红、锈红的叶子像羽毛，如火般熊熊燃烧。

长潭水库静蓄于永宁江上游，占地约三十五点五平方公里，约六个西湖大小，水库中有诸多小岛，如木鱼，如虎头，如花狗，如麻狸。

冬季的长潭水库进入枯水期，我们得以走到水库的腹地。水库中漫出的支流，细细漫过草地。

我向着明晃晃的水边走去。水边有白鹭，长得纤细高大。

还有一群羊，白团团的，远远看，并不像羊，而像停泊在湖边的云。湖边的云，天空的云，在绿色大地的衬托下，白得耀眼。即便闭着眼睛，也能感觉那些纯净无瑕的白，扑扑在眼前扇出白色的风来。

黄昏里的羊群，发出奶声奶气的颤音。我也想做一个牧羊人，拿一根竹竿，斜挎一个帆布包，包里放水、食物，还有一本书。是啊，必须要有书，到哪里都得带本书。哪怕并不看，只要包里有一本书，就永远不怕时光漫长。

放羊的时候，有大段大段空闲时间，可以看远方，可以看羊群咀嚼青草。这群羊要在这片丰美的草地待上足足一个下午。那只几个月大的小羊，有着芭比娃娃一样楚楚动人的眼睛。它浑身散发着浓郁的奶味，那是羊的气息。

有时我们会毫无缘由地喜欢一个地方，就像这片巨大的湖泊与山林，毫无缘由让人眷恋，就像这个吃胖头鱼、吃长潭虾、吃番薯庆糕的夜晚，毫无缘由地让人觉得亲近。

【作者名片】

　　陆春祥：一级作家，中国作家协会散文委员会委员，中国散文学会副会长，浙江省作家协会副主席，浙江省散文学会会长，浙江传媒学院客座教授。已出版散文随笔集《病了的字母》《字字锦》《乐腔》《笔记的笔记》《连山》《而已》《袖中锦》《九万里风》《天地放翁——陆游传》《云中锦》等三十余种。主编浙江散文年度精选、"风起江南"丛书等四十多部。作品入选几十种选刊。曾获鲁迅文学奖、北京文学奖、上海市优秀文学作品奖、浙江省优秀文学作品奖、中国报纸副刊作品金奖、报人散文奖等奖项。

南村的树叶

陆春祥

陶宗仪(1312—1403后),元末明初文学家、学者。字九成,号南村,浙江台州黄岩人,中年后长期移居松江,著有笔记《南村辍耕录》《说郛》等。

壹 三名陶

不是三件陶器,是说陶宗仪的姓,但,此姓极有可能来自陶器。西周掌管陶器制作的官员被称为陶正,子孙遂以官职为姓氏。陶的发明和利用,是人类社会由旧石器时代迈向新石器时代的重要标志之一,这三陶,在中国历史上也鼎鼎有名。

按出生先后,先说东晋名人陶侃。

司马光的《资治通鉴》里有这样一个场景:

陶侃尝出游，见人持一把未熟稻，侃问："用此何为?"人云："行道所见，聊取之耳。"侃大怒诘曰："汝既不田，而戏贼人稻!"执而鞭之。是以百姓勤于农植，家给人足。

这个时候的陶侃应该是重任在身了，即便外出游玩，也关心民情。那个行人从田里摘了一把未成熟的稻，什么情况? 原来是无聊所致。这太可恶了，什么不好玩，竟然玩起了未成熟的稻谷? 自然，那行人少不得吃了一顿打罚。因此，陶侃管理下的老百姓，皆勤恳耕种，丰衣足食。

刘义庆的《世说新语》中，陶侃母亲的形象呼之欲出：

陶公少时，作鱼梁吏。尝以坩（陶罐）鲊（腌鱼）饷母。母曰："此何来?"使者曰："官府所有。"母封鲊付使，反书责侃曰："汝为吏，以官物见饷，非唯不益，乃增吾忧也!"

儿子呀，你一个小小的渔官，怎么可以将公家的东西送给我呢? 你是官家人，吃的是官家粮，你这种行为，真是让为娘担心啊！

如果没有母亲良好的教育，武昌太守、荆江二州刺史这些职位，估计就与陶侃无缘了，皇帝怎么可能让一个品行不好的人去监督八州诸军事呢？

总体来说，陶侃留下了好官的名声，离不开伟大母亲的教育。

陶侃只给子孙留下数百册书。他的外曾外孙陶渊明（有争议，但他们是亲戚无疑，陶渊明外祖父娶了陶侃第十个女儿），名气比他更大。五柳先生，靖节先生，不为五斗米折腰，《归去来兮辞》,《归园田居》《杂诗》组诗，苏东坡的超级偶像，这里不多说。

第三名陶，南朝的"山中宰相"陶弘景，博物学家，文学家，道教茅山派宗师，满肚皮的学问，"读书万余卷，一事不知，以为深耻"，著作达七八十种之多。看他悼好友沈约的诗，就知道他出色的文才了："我有数行泪，不落十余年。今日为君尽，并洒秋风前。"

三名陶，和陶宗仪有什么关系呢？

目前为止，我还没有看到陶宗仪提供的足够证据，来证明三陶和他的代际传承关系。陶宗仪祖籍福建长溪，先祖徙居浙江永嘉的陶山。他的先祖陶榎做过台州的司户参军，喜欢台州的山水,就将家迁到台州的黄岩。这黄岩陶氏,后来分为赤山、陶夏两支,陶泰和为陶夏这一支的始祖,也是陶宗仪的十一世祖,他的居住地称陶阳,陶宗仪的祖父陶应雷,任职南宋太学录。

陶宗仪经常称自己是"黄岩人"或"天台人",天台是台州的古称,天台人就是台州人,黄岩在元明清时期,均属台州府(路)管辖。1994年8月,台州撤地设市,路桥从黄岩析出成区。陶宗仪所居的陶阳,现在属于台州市路桥区峰江街道的上陶村和下陶村。所以,现在的陶宗仪,是台州路桥人,这和刘伯温一样,刘伯温以前是丽水青田人,现在是温州文成人。

自然,陶宗仪也和三陶有密切的关系,在我写的历代笔记作家中,他是第一个重视陶氏家族名望和勋绩的,而且极其真诚。他在代表作品《南村辍耕录》中,多次写到陶氏的谱系和世系;他移居松江的著名草堂南村,就是受陶渊明诗中"开荒南野际,守拙归园田""在昔闻南亩,当年竟未践"的启发;他晚年有诗云"南村差似浣花村,惭愧山中宰相孙。独抱遗经耕垄亩,病辞束币老丘园"。而且,他的朋友们,也经常以陶渊明或陶弘景后裔来称赞他,赞美他的品德如先人,赞美他的诗文如先人。

贰　天台陶九成

1

风流倜傥的青年才俊陶煜,娶了赵宋宗室名媛赵德真,这是天作之合,他们正是陶宗仪的爹和娘。

赵家看中陶爸,不是因为家世,而是因为人品。陶家其实寒苦,陶爸自幼颖异,自号道奥山人,后又更号白云漫士,师从乡贤周仁荣。周老师乃国子博士,累官至集贤待制,诗文和人品皆佳。学成后,陶爸对易学理论、百家九流之学,皆有高见。怀才的陶爸,壮着胆子走天下,希望满肚子的才能为人所识所用。他到京城大都逛了一圈,明珠暗投,无人识才,又当了一段时间的老师,最后还是回到家乡黄岩。这样晃荡下去肯定不行,那就到兰溪做个小吏吧,总要养家糊口的。陶爸这就算一脚踏进了官场。后来他升补江阴州,调松江,做杭州左录事司典史、湖州归安县典史、绍兴上虞县典史,均有善政,七十三岁时卒于上虞典史任上。因子宗儒贵,赠承事郎。

陶妈呢?赵德真,系宋太祖子燕王德昭十世孙赵孟本之女,她悉心教子,也因子宗儒贵,赠宜人。

陶宗仪对妈妈有着极深的感情。他在《南村辍耕录》卷九《陶母碑》中写道：陶侃母亲重视子女教育，为天下母亲做出了榜样，现在，我在唐朝皇甫湜的文集中读到《陶母碑》，不觉泪数行下。想起我的母亲，她的拳拳教子之心犹如陶母呀！感谢张翥先生为我母亲写的墓志铭中的句子，"夫家贫，劬(qú)力纺绩，以给诸子，无废学之辞"，母亲辛勤劳苦，纺纱织布，将我们兄弟姐妹抚养成人，并使我们学有所长，想想我现在，没有很好地实现母亲的遗志，真感到自责呀！

陶爸陶妈共育有六个子女，宗仪为老大，他有两个弟弟、三个妹妹。

关于陶宗仪的出生时间，学界有多种说法，1312 年、1316年、1320 年、1322 年、1329 年，我比较倾向于 1312 年，这一年是元仁宗皇庆元年。1332 年 8 月，陶宗仪去杭州参加乡试，未中，拂衣而去，从此以后潜心古学。而比他大一岁的青田人刘基，科举之路却一路顺风，乡试、会试都轻松过关。陶宗仪和刘基，就在同一年的乡试考场。陶和刘，台州和温州，相隔不远，陶宗仪比刘基多活了几十年，他的《书史会要》中记载了刘基，我却没有看到刘基和陶有往来的文字，究其因，估计刘基一直做官，后又辅佐朱元璋，两人志向不同，因此二人少有交集或没有交集。

2

下面这个场景让陶宗仪刻骨铭心,并痛苦了一辈子。

《元史》卷二百一中,有这样的记载:

> 陶宗媛,台州人,儒士杜思绹妻也。归杜四载而夫
> 亡,矢志守节。台州被兵,宗媛方居姑丧,忍死护柩,为
> 游军所执,迫胁之。媛曰:"我若畏死,岂留此耶!任汝
> 杀我,以从姑于地下尔。"遂遇害。其妹宗婉、弟妻王
> 淑,亦皆赴水死。

惨痛的场景,我们还原一下。以下细节,主要来自杨维桢
《东维子文集》第二十八卷《陶氏三节传》和宋濂《宋学士文集》第
十三卷《题天台三节妇传后》。两位都是陶宗仪的好朋友,大
名人。

元至正十一年(1351),红巾军起义开始,此后,中国大地上,
战火纷起,元王朝摇摇欲坠。朱元璋在浙东,张士诚在吴中,陈
友谅在江汉,方国珍在温台,明玉珍在蜀中,陈友定在福建,一直
到1368年明王朝建立,群雄要争的都是大元的江山,你打我,我

灭你，张养浩的《山坡羊》词唱得没错："兴，百姓苦；亡，百姓苦。"
正史里面不太会有争斗的残酷记录，而各种笔记及文人们的诗
中，却满纸血腥，看陶宗仪《南村辍耕录》里的记载便知：

> 天下兵甲方殷，而淮右之军嗜食人。以小儿为上，
> 妇女次之，男子又次之。或使坐两缸间，外逼以火。或
> 于铁架上生炙。或缚其手足，先用沸汤浇泼，却以竹帚
> 刷去苦皮。或盛夹袋中，入巨锅活煮。或刲作事件而
> 淹之。或男子则止断其双腿，妇女则特剜其两乳。酷
> 毒万状，不可具言，总名曰"想肉"，以为食之而使人想
> 之也。（卷九《想肉》）

陶宗仪不是小说家，他没有想象，完全是实写，元明时期有
许多诗人都在诗里描述了这种吃人场景。淮右即淮西，那里正
是朱元璋军队的发迹之地，他们残忍到什么程度？陶宗仪的文
字浅显，不用再细细展开了，这样的文字看多了也难受。濮州有
一支队伍，每次打下一地，即"掠女妇人，择白膴（tú）者，一狎，即
付汤火，熬膏为攻城火药"（杨维桢《铁崖古乐府》卷六《濮州娘》
诗序）。先奸后杀，还销骨制药，全无人性可言。

1357年左右,台州人方国珍起兵,元人来攻打,他抵抗又投降,反反复复,1367年,朱元璋在基本扫平东南后,自然要来台州收拾他,一场恶战、混战,百姓大遭殃。

陶宗媛,陶宗仪的大妹,嫁给本乡的杜思绚当继室,生有一女。杜中乱兵流箭而死(元史中,杜是结婚四年后病死,而宋濂说宗媛上养七十岁的婆婆,下养杜前妻生的儿子,如同亲生),战乱起前不久,杜的母亲也去世了。一个四十岁的女子,逃难途中,要扶着两具棺材,自然,她的行动无法自由,于是被游军抓住。不知道是哪一方的部队,朱元璋和方国珍两方都有可能。这个时候的战场,混乱不堪,双方都杀红了眼。宗媛面对即将到来的侮辱,义正词严:我如果怕死,老早跑得远远的了,你们快来杀我吧! 宋濂说,士兵用刀割宗媛的颈部,深入二寸余,不见血,死前,她还惦念着家人。

陶宗婉,陶宗仪的三妹,嫁给同乡的周本一个月都不到,战火就烧到了她家。追兵紧随其后,她带着婢女跑到一个湖边,眼看就要掉进湖中,一个士兵突然跑过来,拉着她的裙子说:你嫁给我,可以不死。宗婉看情势跑不掉,指着婢女说:你可以先娶她做妾。士兵于是去拉婢女,宗婉乘其不备,跳入湖中而死,只有二十二岁。

　　王淑，是陶宗仪二弟陶宗儒的妻子，战乱发生时，她见事情紧急，抱着儿子陶长已，叮嘱傅姆（保姆）说：你把他带到他父亲那里去，我不想被兵侮辱！随即投井而死，年二十八。宋濂还比较详细地记录了王淑死后的故事：游兵走后，家里人到处找不到王淑。夜里，王淑托梦给她的婢女说：我怕被辱，已经投村南边的杜氏井而死，我头上戴着簪子和耳环，也一起落到了井中，你可去告诉我的先生。天亮后，大家循着找过去，果然都找到了。

　　至亲在几日内接连惨死，那种痛，再好的文笔都无法准确表达。悲愤长久郁积于陶宗仪的心中，以至于成为他看穿大明官场的一个重要原因。这是一群什么人呢？纵有才，我也不愿为你们所用。

3

　　陶宗仪，字九成，十岁开始读《尚书》，能流利背诵。在《南村辍耕录》中，他写到自己两位老师的轶事，挺有趣。

　　第一位，钱璧。卷八有《嫁妾犹处子》：

　　　　先师钱先生璧，字伯全，壬申科进士。端重清慎，
　　语不伤气。尝内一女鬟，风姿秀雅，殊可人意。室氏劝

果兆沼灘几月堂
余侍原寶孫先生
過楊翁留飲竟日
焚香啜茗雅論清
事酒餘翁出扶鳳
石一幅上有藏祥
卿漏烏求孫先生
題詠翌日詩戒命
子止篆籀迺書于
姑此以識歲月云
上南村陶九成

黔上人家多種竹林西清
意屬詩翁湘靈鼓瑟風來
與鳳鳥銜圖月在東一室
蕭閒淇澳似此君貞節歲
寒同何當徑造談玄慶靜
日敲茶試小童
涿郡陶宗儀

先生私之，正色而答曰："我之所以置此者，欲以侍巾栉耳，岂有他意哉？汝乃反欲败吾德耶？"即具资嫁之，果处子也。

服侍你的女人就一定要陪睡吗？那女孩子出嫁时仍然是个处子，一个细节，完全可以看出钱老师的高洁品行。

第二位，黄溍。卷五有《角端》：

金华黄先生溍尝云："子将以举子经学取科第，有一赋题曰《角端》，亦曾求其事实否乎？"余曰："未也。"因记《史记·司马相如传》"兽则麒麟角端"之语，退而阅之。

黄老师真是押题高手，1350 年，江浙行省的乡试赋题果为《角端》，黄老师以翰林院侍讲学士兼知制诰、同修国史退休，因名气大，退休后还多次任乡试会试考官，这个题目极有可能出自他手，不过，此时的陶宗仪早已无心科举，只专心读他的古书，写他的大著了。

而对元末科举的各种丑态，《南村辍耕录》卷二十八有《非程

文》,详尽披露,兹摘录几句:

> 白头钱宰,感绨袍恋恋之情;碧眼倪中,发仓廪陈
> 陈之粟。俞潜、徐鼎,三月初早买试官;丘民、韩明,五
> 日前预知题目。元孚乃泉南之大贾,挥金不啻于泥沙;
> 许徵实云间之富家,纳粟犹同于瓦砾。拔颖之于陋巷,
> 余波有自于杨明;超宋祀于穷途,主意必资于张谊。既
> 正榜之若此,则备选之可知。

　　兄弟代考,买通考官,买卖试题,那些大贾富家,不惜重金,
大肆贿赂,这样的考场,自然为陶宗仪所不齿。

　　从三十三岁开始,陶宗仪开始了代表作《南村辍耕录》的撰
写,历时二十年之久。其间,他随任小官的父亲,客居嘉兴、杭
州、湖州,游历浙东、浙西、松江,到处交友。一篇文章完成,文末
常潇洒一署"天台陶宗仪",哈,天台四万八千丈,你们不要对我
倾! 他如李太白一样,闲云野鹤,自由旷达。

叁　朋友圈

　　前面已经说到了陶宗仪的不少朋友,比如他的两位老师,这

里接着重点展开。

　　陶爸大约是在松江做官时，看上了都漕运万户、松江人费雄的女儿费元珍。因为陶妈赵德真的关系，他们两家也算是比较近的亲戚，陶爸虽然是小官，但毕竟是儒生，而青年陶宗仪风华正茂，未来可期，这样推测起来，费万户的女儿费元珍成为陶宗仪妻子的可能性就大大地有了。这费雄，他的岳父就是大名鼎鼎的赵孟頫。赵有三个儿子、六个女儿，费雄的夫人是赵家千金中的老二。而陶宗仪的外祖父赵孟本，本来就是赵孟頫的从兄弟，这下亲上加亲。

　　妻子是赵孟頫的外孙女，那著名的管道昇就是她外婆了。元至正九年（1349），陶宗仪三十八岁，正寓居杭州。五月二十二日这天，他和弟弟宗傅、宗儒一起，往西湖东边走，他们要去拜访一位著名的画家，老朋友，诸暨枫桥人王冕。这一次去，他带着管道昇的《悬崖朱竹图》挂轴，哈，夫人的外婆的作品，请王画家题跋，不掉面子的。明人汪砢玉的笔记《珊瑚网》卷三二中有以下文字记载：

　　　　潇洒三君子，是伊亲弟兄。所期持大节，莫负岁寒盟。赤城陶君，故家子也。余寓西湖之东，九成时来

会,谈论竟日,退有不忍舍者。其仲季皆清爽,真芝兰
玉树,百十晋之王谢家也。遂题而归之。己丑夏五月
二十二日,会稽王冕。

　　长陶宗仪二十多岁的王冕,此时已经画名大振。一位画家,
一位作家,又都是浙江人,性情相似,交流起来,真是有说不完的
话。而且,和陶相比,王画家的出身更加苦寒,自然有共同话题。
宗仪兄弟的这次拜访,让王画家感觉非常好,这陶家三兄弟,真
是如芝兰玉树般高洁,无论穿着还是谈吐都非常得体,让人感觉
舒服,这种风度,比晋代的王谢世家子弟还要强百十倍。呵,王
画家简直将陶家兄弟夸上了天。

　　明洪武三年(1370)五月,和王冕同是诸暨枫桥人的杨维桢
去世。杨也是陶宗仪的好朋友。

　　王冕、杨维桢和陈洪绶,他们的故居我都去过,印象深刻。
这杨维桢是元末东南地区的文坛领袖,极有个性,读书时曾数年
不下楼。他字廉夫,号铁崖,又号铁笛道人,晚年自号东维子,做
过元官、明官,但性格狷直,不拘于俗,笔记里多有记载。杨维桢
比陶宗仪大十多岁,而且,他晚年也隐居在松江,他们是忘年交
般的知心朋友,他对陶宗仪也多有提携。除前文已经提到的杨

维桢曾为陶宗仪妹妹和弟媳写过《陶氏三节传》外，我们还可以看到杨维桢为陶宗仪做的几件重要的事：

为陶宗仪父亲陶煜写墓志铭；

为陶宗仪画像；

为陶宗仪的另一部笔记大作《说郛》写序。

而陶宗仪，除了诗以外，在他的《南村辍耕录》中，多次写到杨维桢。如卷二十三《金莲杯》，杨维桢放荡的形象呼之欲出：

杨维桢喜欢声色。宴会时，他看见那些小脚的歌伎舞女，一下就来了兴致。他将她们的小鞋子脱下，将酒杯放进鞋子里，大家轮流传着喝，当时人们叫这种喝法为"金莲杯"。

我也不喜欢杨老师的这种做法，后来，读到张邦基的《墨庄漫录》里的诗，才发现，杨老师的这种喝酒法，还是有由头的。

杨的这种喝酒法，让也是好朋友的倪瓒深恶痛绝。著名的"洁癖倪"甚至当场发飙，从此以后，再也不和杨交往了。

王蒙，字叔明，湖州人，与黄公望、吴镇、倪瓒合称"元四家"，他是赵孟頫的外孙，那也就是陶宗仪的妻表兄弟了。

元四家中，我以为除了黄公望，王蒙应该排第二。他做过张士诚的幕府官，后来隐居临平的黄鹤山，自号黄鹤山樵。他其实不砍柴，他只画画，不过，朱家王朝建立后，已经年老的他，不知怎么又出来做官了。不幸的是,他卷入了胡惟庸案,冤死在狱中。真是可惜了一管好笔墨。三年前的一个秋天,我去湖州卞山,寻找叶梦得的石林山居,站在山顶,立即想起了王蒙的《青卞隐居图》,这幅画作于元至正二十六年(1366),也就是王蒙隐居的时候,它是王蒙艺术成就的顶峰之作,董其昌说他"天下第一"。我回来后,又仔细读王蒙的这幅画,为的是想体验一下他隐居卞山时的那种意境:林木葱郁,层峦环抱,飞流激石,自然还有缭绕的云和雾,而在山坳草堂中,隐士盘膝而坐,他是在打坐吗?他是在思考吗?也许两者都有,这就是隐士的日常。而如此意境下,我们很容易将他和画家本人联系起来,这和我们能在《富春山居图》中看到黄公望的身影是一样的道理。

陶宗仪和这位妻表兄弟关系极亲近,他们多以自己的艺术方式相唱和,王蒙多次赠画给陶宗仪,陶宗仪也数次题诗赠王蒙。《南村真逸图》就是王蒙为陶宗仪绘的,张丑作的跋如是说:"维时叔明与九成为中表兄弟,素善画,得外家赵文敏公遗法,而纵逸过之……叔明每过九成隐居,动辄流连日月。遇兴酣落笔,以写所为《南村》者,秾郁深至,又能一扫丹青故习,有非《松峰》《听雨楼》《琴鹤轩》诸卷所可仿佛焉,真绝诣也。"(明朝张丑《清河书画舫》卷十一上)王蒙和陶宗仪的友情不一般,王蒙的艺术成就，那时候就得到公认了。前几年，他有幅叫《稚川移居图》的画，在香港拍出四亿元人民币的天价。乙丑（1385）九月初十日，王蒙冤死狱中，陶宗仪作诗深痛哀悼：

哭王黄鹤

人物三珠树，才华五凤楼。

世称唐北苑，我谓汉南州。

大梦麒麟化，惊魂狴犴愁。

平生衰老泪，端为故人流。

（陶宗仪《南村诗集》卷二）

多有才华的人啊，我的好兄弟，你就这么离去，七八十岁的老人，平时已经没有眼泪，而此哀伤悲痛之泪，只为老朋友而流。

陶宗仪的朋友圈很强大，除前面提及的几个人外，宋濂、黄公望、倪瓒、泰不华、贝琼等，都与他有所交往，在此不一一细数。

肆　南村的树叶

我们从陶宗仪与杨维桢唱和的诗作中可以读出，他们的生

活,还是有不小距离的:

次韵答杨廉夫先生

移家正在小斜川,新买黄牛学种田。

奏赋不骑沙苑马,怀归长梦浙江船。

窗浮爽气青山近,书染凉阴绿树圆。

乐岁未教瓶有粟,全资芋栗应宾筵。

(《南村诗集》卷三)

我刚搬来这地方不久,牛也是新买的。此地有山有水,有树有绿,空气新鲜,是个长久宜居之地。这是我农居生活的开始。前几天我刚学会了种田,我还要开垦更多的田地,多种谷子和粟米,多种水果和蔬菜,朋友们来了,"开轩面场圃,把酒话桑麻"。陶宗仪此诗描绘的场景,似乎一下子让我们进入了渊明先生的南山。现在,让我们将目光聚焦于他的后半生,那个让他心安身安的南村。

1

南村在什么地方呢? 南村就在今天上海市松江区泗泾镇。

古松江府是上海的根，是文化之根，也是地理之根，这里是上海古代历史的发源地。元以前的松江，要么属扬州、苏州，要么属秀州（嘉兴），一直到元至元十五年（1278），松江府才独立，下辖上海县、华亭县。

陶宗仪的父亲陶煜做过松江府的典史，应该说，在父亲为官期间，陶宗仪就和松江建立了联系——儿子到老子任职的地方游玩或者居住，在古代是再正常不过的事情，唐朝的段成式，前半生就随担任西川节度使的老爹长期居住在成都。况且，陶宗仪的夫人费元珍就是松江人，因此，陶宗仪漫长的一生，注定有一大半时间要在松江度过。

元至正十五年（1355）前后，中年陶宗仪迁居到刚升格不久的松江府。他一开始并不住在南村，而是住在一个叫贞溪的地方，这有他这一时期写的诗和文为证，诗为："浙右园池不多数，曹氏经营最云古。我昔避兵贞溪头，杖屦寻常造园所。"（《南村诗集》卷一《曹氏园池行》）文为："至正丙申间，避地云间，每谈朝廷典故，因及此。"（《南村辍耕录》卷二《端本堂》）贞溪其实是松江下属的一个镇，当时有许多文人雅士居住，费元珍的外婆管道昇就出生在那里，可见，有亲戚或者有熟人的地方，总是移民的第一方向。

不过呢，陶宗仪在贞溪只是短暂居住，大约一两年后，他就迁到泗泾，淞城之北，泗水之南，诸生替他买地结庐，遂居以老。

2

陶宗仪心中一直追随着陶渊明、陶弘景，当他发现泗泾就是他梦想中的家园时，他就将他的居住地取名为南村草堂。陶宗仪的南村生活，在许多名人笔下都有描述。陶宗仪有个学生叫沈铉，他在《南村草堂记》中比较详细地记载了南村和陶宗仪的南村隐居生活。

泗泾这地方，只有几个小村落，但因为有了陶先生的南村草堂，名声越来越大。

明正德《松江府志》记载，元代的南村"水深林茂，南浦环其前"，百姓都以农桑为主业，田里种着大片的水稻，田沟和水道两旁种着成片的络麻和桑树，绿意盎然，草房和瓦屋相杂，鸡犬之声相闻，古道弯弯，水流淙淙，村中古树如抱，浓荫蔽日。农忙时，田地间人声、牛声嘈杂；闲暇时，大树下、田地头，白头老翁在和孩童讲古论今，村人们频繁来往，你来我家喝酒，我去他家饮茶；逢年过节，场面更加热闹。在这样的地方，陶先生的生活过得有声有色，他的生活其实比别人更踏实，因为他有许多弟子，

輟耕錄序

余友天台陶君九成避兵三吳間有田一廛家於松南

作勞之暇每以筆墨自隨時時輟耕休於樹陰抱膝而

歎鼓腹而歌過事肯綮摘葉書之貯一破盎去則埋於

樹根人莫測焉如是者十載遂累盎至十數一日盡發

其藏傳門人小子萃而錄之得凡若干條合三十卷題

曰南村輟耕錄上薰六經百氏之吉下極稗官小史之

談昔之所未考之所未聞其操觚之博修於曰帖研

覈之精擬於洪筆論議抑揚有傷今慨古之思鋪張盛

美為忠臣孝子之勤文章制度不辨而明疑似根據可

覽而悉蓋唐宋以來專門史學之所未讓雖周室之藏

郊子之對有不待環輟而後知又豈抵掌談笑以求賢

於優孟者哉九成名宗儀少工篆子葉晚乃棄去閨戶

著書此其一云至正丙午夏六月江陰孫作大雅序

輟耕錄卷一

元　陶宗儀　撰

大元宗室世系

始祖勃端察兒

哈必齊齊子一

博克多薩勒濟固

阿摘郭斡太后　巴噶哩台

濟農達喇罕罕一

瑪哈多丹七

布國哈塔吉

海都子

某　某　某　某　某

納沁園其子孫也

拜星呼爾子二

敦巴該子六

昭納蘇

克熙庫　今納克和爾其子孫也

海古勒齋哩克坦　今巴魯斯乃其子孫也

今烊　郭斯

可以让自己的思想充分释放。他还有许多朋友，那些朋友，心性和品格都和他相似，来来往往，为这里增添了不少风光。他不仅要身体力行劳作，还有很多的诗要写，很多的文要作。他就像他的先祖渊明先生一样，安贫乐道，品行高雅，令人尊敬。

沈同学说，他家贫穷，且他年纪又小，但陶先生不嫌弃他。在南村草堂，他们一群同学和陶先生一起，度过了非常快乐的长久的时光。

清代的厉鹗曾经看过王蒙为陶宗仪画的《南村图》，很有感触，赋诗云：

> 陶公至正末，养素栖田园。
>
> 自号小栗里，旷然脱尘樊。
>
> 文敏之外孙，画迹可晤言。
>
> 檐端机山秀，篱下谷水源。
>
> 著书自抱瓮，为农常叩盆。
>
> 修修疏竹里，欲往造其门。

为什么自号"小栗里"？因为陶渊明的居所叫"栗里"。这样，不仅有了南村草堂，还有了栗里，只是要谦虚一点，加个"小"

字吧。加了"小"字,体现一种对先辈的崇敬态度,其实,南村草堂规模未必小。

南村草堂,都有哪些建筑呢?

秋声馆。是专门诵读欧阳修的《秋声赋》的房间吗?或者,在这里,可以聆听秋日的虫语、蟋蟀的鸣叫?

裋褐(bó shì)所。字看着复杂,读来却颇有意思,"博士"所,像个高级研究机构呀,其实,就是专门放裋衣的房间嘛,不是一件,是数件,厚的,薄的,冬季夏季,都要穿的。

瓮牖。这个也好理解,此地专门放各种各样的罐子,放茶叶,藏粮食,木窗子开得大大的,通风透气,便于长期保存食物。

朝光书室。夜幕降临,劳作了一天,但不读几页,不写几句,就是睡不好。嗯,省油灯点上,至少亮它一个时辰。农闲时,这间书房,就是陶宗仪的天堂。晨光初映,阳光照着墨迹未干的纸,那些字,一下子就在陶宗仪面前跃动起来。

我细看明代杜琼的《南村别墅图》长卷,发现卷中是一个更广阔的南村,里面还有不少其他建筑:

闿(kǎi)杨楼。门前有挺拔的杨树吗?还是说这个屋子是用杨树制成的?

鹤台。一两只,三五只,或者更多成群。鹤们也如屋主人一样,过着散逸闲云般的野日子,阔大的天地,可以自由翱翔。

罗姑洞。一个传说,一个故事,或许,这里藏着主人年轻时的一段梦想。在这个洞里,可以打坐、修行,整理自己杂乱的思绪。

来青轩。泗水流呀流,流进长江不回头,青鸟飞呀飞,鸟来鸟去水自流。

竹主居。这就是主屋,或者正堂。用粗竹做梁做柱,用竹片竹条当墙,用竹丝编椅织床,用竹梢藤蔓围成院,冬暖夏凉,会客,授徒,一切都自由得很,那橱里的菜自己端吧,酒自己去瓮里打吧,陈酒新酿都有。来了,呵,欢迎;走了,好,不送。

明初的孙作在替陶宗仪《南村辍耕录》写的序言中,记载了宗仪在南村的耕读生涯:

> 余友天台陶君九成,避兵三吴间,有田一廛,家于松南。作劳之暇,每以笔墨自随,时时辍耕,休于树阴,抱膝而叹,鼓腹而歌。遇事肯綮,摘叶书之,贮一破盎,去则埋于树根,人莫测焉。如是者十载,遂累盎至十数。一日,尽发其藏,俾门人小子萃而录之,得凡若干条,合三十卷,题曰《南村辍耕录》。上兼六经百家之旨,下及稗官小史之谈,昔之所未考,今之所未闻。

而王掞的《赠南村先生序》则显示出陶宗仪耕读生活的一派惬意：

> 有田数亩，屋数楹，种艺暇，讲授生徒，其志愉愉
> 也。秋稼既登，天旷日晶，或跨青犍，步稳于马，纵其所
> 之，川原上下，潦雨新霁，汀树丛翠，或跣白足，濯于清
> 波，仰视飞瓯，载笑载歌。好事者每见之，辄图状相传，
> 莫不慕其高致。先生自是益韬真养素，闭房著述。

这个南村草堂，良田并不多，但产出也足够吃了，应该还有不少地可种菜种花。而草堂的周边，更有广阔的田野，或者大片的草地，可以骑牛骑马，纵横驰骋。关键是，还有河或者江，清波荡漾。劳作后，将一双泥脚伸进清波中，再抬头望向天空，几只海鸟正上下翻飞，这是怎样的一种场景？画画的人见了，写诗的人见了，眼睛都睁得圆圆的，如此闲适的人和景，赶紧画，赶紧吟咏！陶宗仪不是一般的农人，他是隐居于此的高士、大儒，即便出门劳作，他也随时带着笔墨。辍，就是停下来歇息，为什么要停下来？因为，身子虽然在劳作，脑子却依然在高速运转，眼前的某事某物，突然搅动了他大量储存的知识，一个观点随之成

形,那赶紧停下来吧,到地边上的树荫旁,摘叶书之。

3

这是什么叶呢？我极度好奇,查了不少书,问了不少人,都没有得到答案。下陶村的南山上,陶宗仪端坐着,紧衣短袍,炯目长须,眼望前方,右手一管笔,左手握着一张宽大的树叶。这叶子还有柄,有点像夏天用的扇子。积叶成篇,大家都知道,至于是什么叶,没有人知道。

有一年我去西安,登大雁塔,那上面有一页唐朝的贝叶经,很珍贵。以前的僧人,有用贝叶书写经文的,世界上现存贝叶经最多的地方就是西藏,大约有六万页。贝叶是什么树的叶子呢？有人说是菩提树,有人说是贝多罗树,但大部分人认为,就是我们常见的贝叶棕,它的叶子宽大,可以做扇子,经过处理,上面可以写字,可以保存数百年。

根据孙作的描述,陶宗仪用树叶随意得很,并不是事先就准备好的,而是随时坐下来,随手摘下树叶。六百多年前的松江田野里长着什么树呢？ 一般也不外乎樟树、枫树,梧桐树应该也有,"凤凰鸣矣,于彼高岗。梧桐生矣,于彼朝阳"(《诗经·大雅·卷阿》)。樟树叶显然太窄,枫叶、梧桐叶较宽,都有可能被拿来写字,但都容纳不了几个字。

不少研究者认为,陶宗仪的有些笔记肯定是写在树叶上的,极有可能是桑叶。这提醒了我,南村草堂周边的田野上,桑树应该成垄成片,桑树叶子宽大,柔软又有韧性,不容易破,写上几十个字应该没问题,而且,干了的桑树叶颜色发白,可保存很久。

南村的田野上,于是经常出现一个有趣的场景:一个不那么壮实的中年人,劳动到一半就突然停下来,走到大树旁。他有时两手抱胸斜着腿跷着;有时靠着树大声吼上几声,唱几句歌;有时摘下几张阔树叶,蹲在树旁,急速地在树叶上写着什么,写完,将树叶放在一个破陶罐里,再站起身来,四顾一下,确定没有什么人,然后,将陶罐封好,埋在树根下。这种普通但又神秘的生活,陶宗仪过了数十年,树叶积满了数十个陶罐,直到有一天,他让门生将陶罐打开,将叶子上的内容细细整理成段成篇成卷。

其实,陶宗仪写《南村辍耕录》,早在隐居南村前就开始了,二十多年才完成。不过,积叶成书的故事,一定发生过,也一定发生在陶宗仪隐居南村的前期。

4

癸卯(2023)酷夏,我和考古专家郑嘉励一起去下陶村,寻陶宗仪遗迹。

骄阳下，陶正通站在陶宗仪故居前迎接我们。

陶正通，1951年生，三十年前的黄岩人，他和陶宗仪同宗，陶宗仪为下陶村陶氏家族的第十三代，他是第二十八代。他以前在村里做油漆匠，近年来，将精力都放在陶宗仪文化的弘扬和推广上。

几年前，陶正通牵头负责，联合下陶村陶氏族人，集资三十几万，在陶宗仪家老屋的地基上盖了三间房，挂牌"陶宗仪故里纪念馆"。他们也去过上海松江的泗泾，到派出所找姓陶的人。陶正通说，在泗泾街头，他碰到一位耄耋老人，问起陶宗仪的后人。老人告诉他，抗战时期，日本飞机炸了陶氏后人居住的房子，陶氏后人就搬到上海市区去了，后来的情况他也不知道。我以为，六七百年过去，陶宗仪的后人显然不会少，只是都分散了罢了。那老人说的，估计也只是陶宗仪后人的某一支而已。

走进陶宗仪故居，是一个不大的院子，院中照壁上刻着参与修建故居的陶氏族人的名字。陶正通指着一砖形堆台上的两件石头器物对我们说："这是陶宗仪家曾经使用过的马槽与拴马石，整个故居就剩下这两件实物了。"我们细看，马槽两侧壁面云纹雕花依旧完好，拴马石风化得厉害，有点千疮百孔的样子。一尊白色的陶宗仪塑像伫立在展厅正中，两边是陶宗仪的简介及生平，还有一些《南村辍耕录》《说郛》的旧版书籍。故居的展陈实在有些简单，不过，我觉得陶正通他们尽力了。

陶正通还和我说了一件事。前几年，上海一位教授到他们下陶村，询问陶宗仪家谱的情况。那位教授告诉他，陶宗仪起先不住在南村，而是在离泗泾几十里的亭林。亭林当时属于华亭县，陶爸任职松江府，买地造了屋，陶宗仪后来就居住在那里。杨维桢六十岁生日的时候，朋友们在陶家举行宴会，杨在陶家院子里种下一棵罗汉松，现在，这棵罗汉松还在。陶正通还将上海教授的名字和电话告诉了我。

实在是有点好奇，我就拨通了那位上海教授的电话。

上海教授叫蒋志明，是位博士，文化学者，当过上海金山区的教育局局长，现为上海现代国际教育研究院院长。蒋教授主要研究南北朝时的著名文学家顾野王，近年也研究杨维桢、陶宗仪，他去下陶村的目的是寻找陶宗仪出生和成长地的资料。

蒋先生发给我一本年代已久的《亭林镇志》，上有杨维桢、陶宗仪等的介绍，陶宗仪条下有这么几句："元末兵乱，避乱隐居亭林（后陶宅为同善堂，今为复兴东路 106 号古松园），家境清寒，以教授自给。陶与杨维桢比邻而居，切磋诗文，交往甚密。"而我在网上淘到一本 1986 年版上海市松江县地方史志编纂委员会编的内部杂志《松江风物》，上面说陶宗仪初居亭林的时间应该在 1340 年前后。我相信这个时间，因为这个时候，陶爸在此任职，陶宗仪极有可能跟着居住于此，不过还不算隐居。

从亭林志上可知，陶家老宅就是今天的古松园，清代顾家曾在其地建造同善堂。

这就是说，陶宗仪隐居南村还是后来的事，他先前是住在自己家里。蒋志明先生认为，陶宗仪迁南村应该是在明洪武二年（1369）。华亭县的亭林，离南村也就几十里，陶爸在州政府任职，完全有可能买地建房。而元末明初，松江一带，因为杨维桢、陶宗仪等名流的到来，文学风气开始变得浓厚，蒋志明先生认为：元末，浙西出现了一批地方豪富，崇尚儒雅，延师训子，居住在松江府华亭县吕巷的"璜溪吕氏"即是其中一个代表。吕氏家族中，有"淞上田文"之称的吕良佐，曾以重金聘请杨维桢等私塾教授，并出资举办"应奎文会"，以振兴日益颓废的文风。明朝松江人何良俊的笔记《四友斋丛说》卷一六《史》中也有佐证：

> 吾松不但文物之盛可与苏州并称，虽富繁亦不减于苏。胜国（元）时……吕巷有吕璜溪家，祥泽有张家，

> 千巷又有一侯家。吕璜溪，即开应奎文会者是也，走金
> 帛聘四方能诗之士，请杨铁崖为主考，试毕，铁崖第甲
> 乙。一时文士毕至，倾动三吴。

"应奎文会"，这"奎"，是二十八星宿之一的奎星，主文章、文字、文运，这样高水准的征文大赛，就在吕良佐家里进行，一时吸引了全国众多名家参与，收到七百余篇文章。杨维桢是主评委，评出四十余篇优秀作品。吕巷就在亭林的边上，这样的活动，陶宗仪肯定喜欢。而因为共同的志向和爱好，杨维桢和陶宗仪经常在一起聚会，合情合理。于是，在杨维桢六十岁生日这天，大家酒足饭饱后，在陶家院子里栽罗汉松以作纪念，寓意长寿、坚贞。

古松是历史，更是风景。从上海市区去亭林镇仅五十多公里，方便得很。古松园在镇子的东边，1986 年建成开放，占地面积五百二十五平方米，内有曲廊、望松亭、松风草堂、假山。主角自然是古松了，这松又叫铁崖松，是上海市的古树名木。面前的铁崖松被石栏围住，我围着它转了几圈，想到了栽树人。转的过程中，杨维桢仙风道骨的形象浮现在我眼前。虽经过六百六十五年的风霜雨雪，树干只剩一半，但它依然挺拔，高七点二米，胸

径八十九厘米,胸围二点八米,树冠达四点八米,它以四季的郁郁葱葱,证明着自己和杨维桢一样,活力蓬勃。

5

虽然生活依然拮据,但陶宗仪完全沉浸在他的南村生活中,多次拒绝明政府聘用,一边劳作,一边授徒,一边写作诗文。继完成《南村辍耕录》后,他又完成了关于书法史方面的《书史会要》十卷,《南村诗集》四卷,还有一百余卷的笔记《说郛》。

其实,人年纪越长,越会思念往日的时光。明洪武二十年(1387)中秋夜,已经七十六岁的陶宗仪,遥望南村明月,写下了《丙寅中秋》,感怀久居他乡而不得归的伤感旅羁:

> 云开天宇洁,玉露滴琪林。
>
> 静对中秋月,偏伤故国心。
>
> 半生常作客,此夕一沾襟。
>
> 弟妹书难得,穷愁老转深。

这个年纪作诗,已经没有什么形容和修饰了。天空明月皎洁,一个人静静地坐在草堂前,寒气一阵阵涌来,心也一阵阵透凉,生活依旧困苦,半生漂泊,寒夜孤月,不禁泪涌,思爹,思娘,思弟妹,思故乡。

我问陶正通,你们下陶村接下来还想做点什么?他告诉我,想建设一个南村书院!这个话题议过几回,可单凭他们村,不可能筹到那么多资金,还是要靠政府牵头。我只能回答他嗯嗯。

明永乐元年(1403)九月十四日,九十岁的松江华亭人张文珙去世,张的孙子请已经九十二岁的陶宗仪写墓志铭。此后,在所有的文献中,我们均找不到陶宗仪的踪迹。据此推算,九十二岁,或者活了更久的陶宗仪,黄岩陶九成,留下了诸多不朽的诗书文,留下了谜一样的树叶,安详离世。

陶的本质是泥土,耄耋老人陶宗仪回归了大地,经过六百多年的大浪淘沙,他和先祖三名陶一样,终于也成了名陶。

伍 《南村辍耕录》医学偶举

三十卷的《南村辍耕录》,共有五百八十五条,是历代笔记作品中的一个重要符号。我在《笔记的笔记》卷三十六中,写过《元代马拉松》《246字官衔》《小金钗冤案》等十一条。这三年多来,名为新冠的疫魔,将十数亿中国人折腾得够呛,我突然想到了陶宗仪笔记里的医学。他笔记中的医学，涉及元代的医事制度、医学理论、医药珍闻等诸多方面，比如卷二十四《历代医师》，列举了三皇以来的天师岐伯、少师、桐君等，一直到金朝的张子和、袁景安等，他们都是名医。这里择几条和疾病有关的例子。

1. 大黄救万人

> 丙戌冬十一月，耶律文正王，从太祖下灵武，诸将争掠子女、玉帛，王独取书籍数部，大黄两驼而已。既而军中病疫，惟得大黄可愈，所活几万人。吁！廉而不贪，此固清慎者能之。若其先见之明，则有非人之所可及者。（卷二）

这则笔记的背景，《元史》卷一四六《耶律楚材传》有这样的记载："丙戌冬，从下灵武，诸将争取子女金帛，楚材独收遗书及大黄药材。既而士卒病疫，得大黄辄愈。"耶律楚材是耶律阿保机的九世孙，他自小学儒，知识面极广，后来归附蒙古，并随成吉思汗西征。1226年，蒙古军队攻下西夏的首府灵武城，大部分将领和士兵抢人抢物，耶律楚材却只要书和西夏出产的药材大黄。而在不久后的一场瘟疫中，耶律楚材的大黄就发挥了关键的作用——煮汤喝下,几万士兵的命保住了。

中药自古治疫病,我相信许多中药都有各自不同的解毒功能。

2.面孔为什么不怕冷?

人之四支百骸,莫不畏寒,独面则否。医书谓:"头者,诸阳之会,诸阴脉至颈及胸而还,独诸阳脉上至头。"所以然也。(卷十九)

现实中确实如此,身要穿衣,头要戴帽,甚至手也要戴手套,面孔却耐冻得多。陶宗仪这里说的,应该比较科学,但面孔并不是不怕冷,只是更耐冻而已,如果零下几十度,还是要戴口罩或者面罩,否则也一样会被冻坏。

3.木乃伊

回回田地有年七十八岁老人,自愿舍身济众者,绝不饮食,惟澡身啖蜜。经月,便溺皆蜜。既死,国人殓以石棺,仍满用蜜浸,镌志岁月于棺盖,瘗之。俟百年后,启封,则蜜剂也。凡人损折肢体,食少许,立愈。虽彼中亦不多得,俗曰"蜜人",番言"木乃伊"。(卷三)

这是中国对木乃伊最早的文字记载。这位老人因长期食用蜂蜜，连排泄物都是蜜，还有，一百年后，这个蜜人身体的任何部位都能治跌打损伤，这些应该不科学。不过，蜂蜜能使东西长久保存而不坏，这不容怀疑。木乃伊这个词语足可证明文化交流的发达，在陶宗仪那个时代，中国人已经知道外国有神秘的干尸了。

4. 奇药两种

> 火失剌把都者(番木别)，回回田地所产药也。其形如木鳖子而小，可治一百二十种证，每证有汤引。(卷七)

> 骨咄犀，蛇角也，其性至毒，而能解毒，盖以毒攻毒也，故曰蛊犀。唐书有古都国，必其地所产，今人讹为骨咄耳。(卷二十九)

番木别，就是马钱子，又叫番木鳖，种子极毒，主要含有马钱子碱和番木鳖碱等多种生物碱，用于健胃。中医学上以种子炮制后入药，性寒，味苦，有通络散结、消肿止痛之效，主治四肢麻木、瘫痪，食欲不振，痞块，痈疮肿毒，咽喉肿痛。但笔记中说能治一百二十种病，显然是夸大了它的作用。也许陶宗仪并不懂药，也是道听途说。

骨咄犀，亦称骨笃犀，就是蛇角，是一种解毒药，也可做工艺品，宋朝洪皓的笔记《松漠记闻补遗》中有记载："契丹重骨咄犀，犀不大……纹如象牙，带黄色，止是作刀把，已为无价。"

我读过元人忽思慧的《饮膳正要》，作者是元代的蒙古族医学家，兼通蒙、汉两种医学，这书其实是我国第一部较为系统的营养学著作，但中国自古就是药食同源，所以，全书的精华就是食物本草。作者选取非矿物、无毒性之药物二百三十二种，分七大类——米谷品四十四种，兽品三十六种，禽品十八种，鱼品二十一种，果品三十九种，菜品四十六种，物料二十八种，详述其性味、功能、主治病症及副作用。虽然兽品、禽品中大多是野生动物，但果品、菜品、物料中，大都是有治病效果的各种植物，比如卷二"神仙服食"说："太清诸本草：七月七日采莲花七分，八月八日采莲根八分，九月九日采莲子九分，阴干食之，令人不老。"莲花、莲根（藕）、莲子均是好东西，但是一定要选特定的日子采摘，显然有附会之嫌。所以，陶宗仪笔记中的奇药，特别是那些长在北方大地上的植物,都深深带着那个时代的气息。

其余如"人造眼球""怪病"之类的不再枚举。

补记:

拙文完成后,蒋志明先生又发我徐侠先生的《陶宗仪》一文,徐先生对《南村辍耕录》孙作序言中"摘叶书之,贮一破盎,去则埋于树根"之"叶"的理解是,古代册页之"页"与树叶之"叶"形音相同,也作"葉",此字实指一页页废簿册的纸头。初看有些新鲜,解释起来也更合理,但"摘"是什么意思,不是从树上摘吗?是选择的"择"吗?如果是纸的话,直接带回家不是更好吗?为什么还要埋于树下?孙作的序言写于元至正丙午(1366)夏,陶宗仪正是精力充沛时,难道孙作也是道听途说?

陶宗仪的南村之叶,尽管我没有弄清是什么叶,但我宁愿相信它来自生命力旺盛的树。积叶成书,多么美好的传说呀!

【作者名片】

松三：图书编辑，浙江省作家协会会员。出版作品有《古玩的江湖》《智造密码》等，散文散见于《解放日报》《文学港》《浙江散文》等。

走向长潭的夜

松　三

还是去年十二月的事。

那时没有太阳,天色将暗,广袤的原野升起山峦平缓起伏的轮廓。轮廓线以上,天青色大片晕染,浮动于周。南方湿润的气候促使水汽在冬日也弥漫不去。迷蒙中,夜色降临,将一切轮廓照得模糊,世界渐渐重合成一幅薄薄的水墨画,令人分不清远与近。

我们大概判断着,眼前画面的某一条深色线处,便是湖泊。这是我们都熟悉的土地。人家、马路、旷野、湖泊、山,山的另一边,同样的事物依次延伸。人居山水间,只是小小一簇,或几点。

我们沿着湖泊漫无目地漫步,试图一直走向远方,一直走

向夜的深处。或者,这样一个也无风雨也无晴的傍晚,我们其实没有任何试图。我们只是来走走,然后不知不觉走向长潭的夜。

长潭是片广阔的水域,它位于台州黄岩西部,被誉为这座城市的大水缸。可见,我们应当是在一座城市的尽头,也是在一座城市的源头。

我听许多人谈起过长潭。有拍鸟的人,有隐居的人。拍鸟的人来追寻飞翔的鸟类,它们常潜藏于湖面升腾的水雾而令人着迷;隐居的人,也如鸟类,他们偶然来到湖面的高处,将自己投掷进迷蒙的山岚,暂时抛却身后的城市。有一次,我们爬上长潭周边的高山,那日雨雾蒙蒙,我们深切感受到它湿润的存在,却什么也看不见。

一些喧嚣离我们越来越远。一种植物的气息将我们包裹。是林木的味道,是红杉枝。

我们走在一片红杉林中。原本,红杉冬日转红,映着碧绿的湖面,是南方寒冬里难得鲜丽的色泽。可惜,过去一整年气候炎热,湖面减退,红杉林整片露出地面,待我们到达时,路边一个穿着黑衣的中年男子指着眼前一片显得有些焦黄的红杉林说,就是这里。

我们有些失落。

好处是，这样子，我们就能走到红杉林中去了。水面离红杉林已远到我们看不见。

我们沿着路边一条小道走入林中，脚下松软，依靠地下充满水分的草甸铺满。南方的冬令人感怀，即使在严冬，只要有微小的时机，绿色就会见缝插针悄无声息地蔓延。如眼下这几天的回暖"小春"，微风拂面，人的内心也像拥有了枝蔓生长的力量。人类总是歌颂春天，的确是有缘由的。

红杉林的生长姿态非常稳固。枝干下大上小，也许是因为长久生长于水中，需要对抗水的力量。植物原本聪慧，只是无言。红杉林的枝条，呈圆锥形，蓬松柔软，如同被园丁精心修剪过。我想起流水中向一个方向飘荡的水草，河岸边向一个方向披洒的水柳，水的力量就是这样，看似无形，实则不知不觉将万物带向同一个方向。如同现在的我们，总不知不觉想靠近水流过的地方。

脚下渐渐变得更加松软，红杉落下的枝叶堆叠，铺成天然的绒毯。我们凑近了观察红杉的枝叶，它们像一种细条形的双股搓成的绳索。我们捡起跌落在地上的枝叶，一股芳香扑面而来，像冬日书房中线香燃起的味道。只有跌落在地被空气晾干的红杉枝才会散发出芳香，那些仍然长在树上的鲜枝——同伴凑近

闻了闻,摇头。她开玩笑,或许它们仍在吸收阳光雨露。

树下有被火烤过的石头,被搭成中空的石头焦黑。大概时间久远,有一两颗滚向别处,这样散落的遗迹,倒显得这里的时间更久远。

我想起一些很遥远的记忆。从高处跌落至蓬松草丛,午间在树林中烤玉米饼。我跌落时,听见旁边树上长辈的惊呼,待我从草丛中安然无恙探出头来,长辈们又发出阵阵哄笑。我从此记住了失重下坠的那片刻梦幻感。长大后,我们总是小心翼翼,这样的小小冒险当然很少再有。

眼前的红杉林,显然不利于攀爬。它的主干结实壮硕,但它的枝条看起来细小且脆生生。它有沉甸甸的果实挂在树梢,是圆形的,比龙眼稍大,看上去和常见的松果完全不一样。我们好奇,跳起来,揪下两颗。打开掌心,看它卵形的果子上规则地布满了如璎珞一般的暗纹,其质地如褐青相见的玉石。我们惊叹它的美,像有人精心雕刻过一般。

一位羊倌赶着一群羊从杉林中穿过,我们尾随而上。羊群娇嫩而肥硕的身躯散发出丰腴的生命力,它们轻巧地踏过草甸,肆意地啃噬着青草,发出窸窸窣窣的声响。

穿黑衣的羊倌拿着一条细竹枝守候着他的羊群。

在南方，羊倌并不多见。南方的羊倌因而显得倍加孤单。

一头最小的羊探出它微红的双眼，羊羔的眼神是那么无辜而美丽。羊羔的耳朵雪白柔软，垂于脸颊两侧。

我试图和羊倌搭话，但他显然已习惯了沉默。他将自己的脸埋入衣领，帽檐遮住他的眼神。他执着那根竹枝自顾往前走，仿佛对世间的一切都不屑一顾。我见过许多在南方放羊的人，他们大多是这样的，沉默，甚至有些阴郁，他们只跟着羊群走，大多走向荒无人烟的地带，走着走着，仿佛就走出了人间。

黑夜将来，我们都在迷蒙的夜色中暂失言语。

我们朝着一座孤岛走去。因为没有水，孤岛下方露出一圈光秃秃的岩基，岩基以上，林木郁郁葱葱，在夜色的拂照中影影绰绰，显得格外神秘。

因为没有水，岛又成了山。或者说，在长潭水库形成前，它原本就是一座山。或许有很多不同的人踏足过那里。山色迷茫，远远看去，好像有一条小道沿着岩基而上，再往上就看不清了。沉入水中之后，它成为人迹罕至的小岛，但它会迎来其他的生命，比如白鹭，比如蛇，比如老鼠。偶尔也迎来我这样对远方好奇但又去不了多远的忧愁的人类。

湖水退尽后，一定有人试图像我一样走入密林之中。岩基周围，看得出有光秃而驳杂的路径。人一旦走过这样平坦的原野，痕迹就会如同永恒的印记那样，成为一条人人会重复踏过去的路。

我说，我们走向那座山吧。同伴咕哝："远着呐！"

很长一段时间内，我都着迷于在白天与夜晚的间隙中散步，感受着天光由明至灭，这样的时刻，短暂而又充满变幻。我看见光线中的一切渐渐失去色彩，目之所及的画面降下黑夜浓厚而粗糙的噪点。如果是在熟悉的地方，那么那些身影将成为一个个剪影，即使如此，你仍然能立马辨识出他是谁。

在一切简单而明了的世界中，万物都以一种既定而熟悉的方式呈现在你眼前。世界由此恒定不变。

很长一段时间内，我又着迷于走向野外的未知之处。待在山中的家里时，我常常试图走向那些我从未走进过的密林。但，密林里灌木丛生，那些攀附缠绕的荆棘不用几分钟就喝退了我。我只能顶着那些枯败的草叶狼狈退出，母亲总是抱怨，你怎么老喜欢往老林中钻。

山是有路的，几乎所有的山都有路。在我老家，我们将横着的山路称为"蓝路"，另一种垂直向下的凶猛的山路被称为"红路"。还有许多路没有名字，只是依附着山。没有路的地方，人好像就不应当去了。人应当老老实实走那些铺好的路。

如果走在长潭这样广阔的地方，恰好所有的方向都能成为路。

当我们晃荡着走出红杉林，广袤的原野在眼前展开。原野的边缘是山川，拦截的湖水在冬日悄然退到尽头，只留下几处稀薄的水流，在低洼处聚集成三两湖泊。

我们走在往日的湖底。

这样想多奇妙啊。

湖是永恒神秘的事物。

我们常将它比作心灵的幽深之处，而我们已然踏足在这里，幽深之地毫无遮掩地在我们面前摊开。无论我们觉得无聊、冗长、烦闷，抑或自由、激荡、宁静，直视的恰好是我们自己。

脚下有一种像波斯地毯花纹一样的植物铺陈开来，叶子只有小指甲盖那么大，碧绿的叶片边缘还有红色的暗纹。在萧瑟的冬日，这样馥郁的植物在生长。它的旁边，一片沙地沉淀在清水中，水草随着水流摇曳。水流经过卵石、沙地、水草、枯木，发出一种微响，要贴近地面才能听得到。如此说来，我常觉得婴儿才能听到世界上更多的声音，还有动物，爬行动物，它们贴着地面迤逦而行,把一整个身体都变成耳朵。

我们的脚步逐渐分开,有人低下身来辨认每一种匍匐在地的植物。这样在冬日仍然碧绿的植物,值得我们铭记在心。有人不知道走向了哪里。原野那么广袤,当它足够广袤时,我们允许自己的脚步向四面八方而去。这样的自由辽阔,自由辽阔到令你觉得寂寥。

随着水流的方向望去,几枝粗大的枯木从水面伸出,一只离群的白鹭飞来停驻,它轻手轻脚的,如画中一抹白色的翩跹掠影,给冬日增添了一抹冷冷的春色。

枯木在荒野上零星散布,有那么一个瞬间,你会想知道它们从哪里来。它们落了叶,只剩一副清白的骨骼躺在原野中。也不是,还有一半多的时间,它们沉于湖中,静静度过属于一棵已逝去的树的沧海桑田。

这样走在一片原野上,你几乎可以想任何事,也可以不想任何事。看着路边伶仃的路灯亮起来。在来的路上,你看见一路的枇杷花。来年初夏,路也会因为枇杷果的金黄而亮起来。枇杷花是暗淡的,同伴开着车窗,说闻到了枇杷花隐约的香,而我只能用眼睛记得那种毛茸茸的触感。

我们开玩笑,如果在一个人的眼前蒙上黑布,那么他笔下的

文字会有何不同。没有什么不同,因为大家原本睁着眼睛,竖起耳朵就不同。

我们一生中大概会有很多次这样的漫步,有时是一个人,有时是和他人,有时是在阳光璀璨之时,有时是在这样云层绵绵的日子。

这样的漫步记忆很快就会变得模糊,但你会记得它的触感,那种闲适的、无目地的感觉,给予的是一种渐渐升腾、接近于幻觉的美妙,曾经发生在黄岩的一个水域边。它多么微小、平常。如果还有下一次,我可能会带上一把椅子、一本书,一个人,再次等待长潭的夜。

【作者名片】

王寒：中国作家协会会员，中国散文学会会员，浙江省作协全委会委员，台州市作家协会副主席，台州市网络作家协会主席。浙江省摄影家协会会员。浙江省第十四次党代会代表，浙江省第十三届人大代表。已出版著作《东海寻鲜》《浙江有意思》《江南草木记》《无鲜勿落饭》《大地的耳语——江南二十四节气》《江南小吃记》等作品十六部。策划出版了"浙江有意思"系列丛书十二部。《无鲜勿落饭》等多部作品入选中国好书榜年榜和浙版好书榜年榜，散文作品入选《21世纪年度散文选》《中国当代散文精选》等几十本精选本。《大地的耳语——江南二十四节气》列入教育部向全国中小学图书馆（室）推荐作品。多篇散文作品入选中学语文试卷阅读理解。

墨汁美味

王　寒

要说豪迈粗犷,海边人并不亚于山里人,金贵海鲜,哪怕黄鱼河豚,都可以剁块家烧。要说物尽其用,海边人也要记上一笔,墨鱼黑乎乎的墨汁,可以捣鼓出各种舌尖上的美味。

大海中,墨鱼总是随身携带跑路工具,受到惊吓或遇到强敌时,便利索地喷出一大团墨汁,如同扔下一颗烟幕弹,把水搅浑后,借机脱身。

从前形容一个人学问高,就说他有满肚子墨水,墨鱼也有满肚子墨水,藏在墨汁袋里,轻易不示人,可见城府之深。剖杀墨鱼时,用剪刀剪破墨汁袋,黑乎乎的墨汁就会流出来,让你沾得满手墨。有时不小心,还会溅得四处都是,东一点西一点,好像调皮学生把墨水甩到了白墙上。

老家有句俗话，"污搭污，墨鱼笑鲑蚨"，有五十步笑百步的意思。墨鱼与鲑蚨都有黑色的墨汁，无非大小各异，墨量不同。只有菜鸟才会把墨汁当污水，道行深的老鸟都知道，黑乎乎的墨汁是个宝，它富含蛋白质，还有各种氨基酸和微量元素，哪舍得倒掉，要用它来上色，做成各种美食。

原汁墨鱼，浙东最是常见，整只墨鱼加水卤煮后，以墨汁上色，乌黑晶亮。装盘时，斜切成环条圈状，拼成整只。前些日子，在上海的樾鲜餐厅吃过一道原汁墨鱼，味道不俗。餐厅面对滔滔黄浦江，主打台州菜，自然有故乡常见的原汁墨鱼，这墨色是夏日雷雨来之前的乌云压城，是山色空蒙水亦奇的水墨江南，干、湿、浓、淡，各有变化。墨香浓郁，有嚼劲，我吃得意犹未尽。

樾鲜还有墨鱼香肠。墨鱼香肠是香肠界的爱马仕，墨鱼肉掺和少许五花肉、墨鱼汁，一起打成肉泥，再加入一些事先切好的墨鱼肉丁，加入糖、盐等调味，灌进肠衣，用线一段一段扎起来，放入水中煮熟，捞出晾凉即可。墨鱼香肠可以煎着吃，也可以切片吃，外表黑亮，口感鲜甜。

墨汁鱼丸是另一种美味。黑乎乎的一颗一颗，看上去像是武林高手用的暗器，又像是某种有神力的药丸，吃了一丸还想再来一丸。

前不久回了趟老家，在黄岩的龙宴尝到一道甜食，叫黑珍珠，黑亮的一颗颗，葡萄大小。龙宴是金梧桐二星餐厅，在江湖上名声不小，在菜式上标新立异，常能给人惊喜，这黑珍珠其实是墨鱼汁榴梿丸子，味醇香浓，创意令人叫绝。

还吃过墨汁脆香乳鸽，黑乎乎的，落魄乳鸽简直要化身乌鸦。至于墨汁豆腐，加了墨汁，有了黑色"案底"，豆腐再也不能称自己是"清白"身世。

海边有各种墨鱼汁打底的主食，墨鱼汁年糕、墨鱼汁面条、墨鱼汁饺子……墨鱼汁一点染，就带上了大海的气息，海边人显然深谙墨鱼囊内"墨汁"的妙处。樾鲜有墨鱼汁海鲜饭，海鲜的甘甜，烩饭的香浓，加上黑亮的墨鱼汁，里面有我故乡风起潮涌的味道。如今，黑墨引发的黑旋风已经席卷餐饮界，日本有墨鱼汁炒饭，意大利有海鲜墨鱼汁意面，美国有墨鱼汁汉堡，一口下去满嘴黑。

乔村二十八道有墨色流沙包，是一道美妙的墨鱼汁点心。乔村二十八道的掌门人，不姓乔，姓叶，姐姐叫她小乔，我称她为乔娘子。

乔娘子很风雅，做的点心名字也风雅，黑松露野菌饺、雪燕桃胶、樱桃红酒鹅肝、盛夏的果实，色香味俱佳。樱桃红酒鹅肝里，肥嫩的鹅肝酱变身为玲珑可人的红樱桃，蘸点葡萄汁和巧克力酱,肥鲜香浓,入口即化。黑松露野菌饺,晶莹剔透的面皮里有鲜香的菌菇,上面加了几颗鱼子酱,清凉爽口。最妙的是盛夏的果实,樱桃、杨梅、牛油果……玲珑剔透,可堪把玩,让人不忍下箸,咬一口,才知竟是鹅肝、虾球、三文鱼的组合。

墨色流沙包的名字,有扑面而来的江湖气息。"流沙"二字,有三分动感,咬开松软细腻的黑皮,金色的咸蛋黄馅(流沙)果然在流动,如同火山口的岩浆,似乎要流淌出来。浓郁的奶香,沙沙的口感,加上甜咸交融的味道,松软筋道的面皮上淡淡的墨鱼香,是春江月夜里海潮初起的气息。墨色流沙四字,让人想到"雪满流沙静,云沉太白低",端的是风流浪漫。美食要有美名,这样才两两相宜。正如一把碧血剑,碧血剑三字,是英雄主义和浪漫主义,而黑血剑就只剩下血腥和恐怖。一只乌黑的流沙包,叫黑色甜包失之平淡,用"墨色"二字做前缀,既写实又写意。

在网上也下单过几次黑金流沙包,黑色的外皮上几抹金帛,卖相很美,多是用食用植物炭黑粉上的色,而海边人家的墨色流沙包,是以原味墨鱼汁和的面粉。美食的滋味,差一分,乾坤大不同。

(本文以《污搭污,墨鱼笑鲑蛄》为题发表于 2023 年 8 月 9 日上观新闻)

葡萄的美人指与金手指

王　寒

　　我从前种过葡萄。那时住在府城的茶田巷,一楼,房子不大,但院子很大。老家年年刮台风,有一年台风来,半个府城被淹,家里倒灌进来的水有半米深,我拿木盆当小船,让儿子坐在盆里划水玩。

　　水退后,在院子里抓获鲤鱼一条,是上游水库放水冲下来的。还有一次刮大风,不知把谁家"五好家庭"的铁皮牌子刮落,吹到我家门前。我视为老天授予我家的荣誉称号,找了几根钉子,让先生钉到自家门上。

　　房子是我们的婚房,那时我们刚结婚。先生干劲很足,在院子里砌了两个花坛,南一个,北一个。他从山里挖了株葡萄藤,种在南边靠墙的角落。他还揣着剪刀进了行署大院,剪了一截爬山虎回家。我们还种了一株刺瓜。初夏，我们在院子里吃枇杷，一颗枇杷籽落在墙角，不经意间，长成了枇杷树。家里还养了几只毛茸茸的小鸡娃，初夏时，个头最小的那只被毒蚊子咬了一口，一只眼睛肿得有弹珠那么大，我很心疼，让先生骑着车了带它找兽医。我坐在车后座，小鸡娃坐在前面的车篮里，一路叽叽叫着。

爬山虎长得很好，很快爬上墙。一年后，爬到邻居这边，引起邻居抗议，邻居"咚咚"敲门，一进门就直奔主题：爬山虎会把墙爬坏的，还招蚊子。她拿了把铲子，把靠近她家那边的爬山虎全铲除了，决绝得好像清理门户一般。盛夏，爬山虎留下三面绿荫，只有她家的那面墙，光秃秃的。刺瓜长得也很快，叶子沿着棕绳和竹架爬上爬下，绕成一面绿网，结了一个又一个象牙白的瓜，我们每天吃刺瓜炒肉。

墙角的葡萄最让我操心，因为想等着它结果，自酿葡萄酒，每日总要去看它几回。开春，棕色的葡萄藤刚长出几片叶子，先生就用木杆搭了一个棚架，好像性急的父母，给尚在学走路的宝宝准备了学区房。开始时，葡萄像蜗牛爬一样，总是不见长，一个月没长几片叶子。暮春，葡萄好像到了青春期，开始拔节发力，绿叶长得很快，枝条伸得老长，枝枝蔓蔓很快爬满架子。阳光透过葡萄叶的间隙落下来,地上是一片金黄的斑驳。风吹过叶子,哗哗地响。五月,葡萄藤上开出小花,淡黄微绿,米粒大小。花谢后,便结出绿豆大的葡萄粒。

七月,葡萄从绿豆大小变成豌豆大小,又变成青珠子一般,硬硬的一粒一粒。到了夏天,窗外有人挑着担子叫卖葡萄,我摘下院子里的青葡萄一尝,呸,又硬又酸。我和先生坐在院子里的石凳上,对着葡萄架反思。他道,看来是葡萄苗没选对,葡萄的出身很要紧。我翻着葡萄种植的农书,说,也不能全怪苗,我们浇水、施肥、打药都不够,葡萄也不宜种在墙边,通风不好,光照也不足。

从此再也没有种过葡萄,但每年夏天,葡萄没少吃。老家海鲜多,瓜果也多,立夏的枇杷、夏至的杨梅、大暑的西瓜甜瓜、霜降的文旦橘子……都是名声在外的,去省里农博会评选,要么拿金牌,要么当果魁。葡萄名气虽不及杨梅橘柚,但全省葡萄打擂台,家乡的葡萄总是大出风头,次次摘金而归。

黄岩马鞍山的葡萄,是我从小吃到大的。马鞍山的葡萄中,我吃过巨峰、藤稔、红富士。巨峰,红中透黑,口味最甜。藤稔,大个头,俗称乒乓葡萄,口味清淡。红富士,跟苹果同名,用金玫瑰和黑潮杂交育成,果粒紫红,肉质厚实,葡萄香味最明显,口味极佳。

葡萄熟时，总有朋友邀请我们去马鞍山的葡萄园摘葡萄，葡萄架下一嘟噜一嘟噜的葡萄，青的、紫的、红的、黑的，累累地垂挂下来，近在眼前，简直是"色诱"。现摘现吃，且采且歌，相当快活。吃得最多的，是大粒的巨峰，五月成熟，色紫红，珠圆玉润。阳光玫瑰，有着玫瑰般的香味。而夏黑、京玉、红地球、醉金香、巨玫瑰、维多利亚、状元红、晴王……组团出道，每一种都活色生香。我觉得给葡萄起名的都是诗人，一看这名字，就让人兀自心醉。葡萄吃多了，也吃出了门道——葡萄表皮那层果粉，越白越厚越密越好，这样的葡萄生长时是套着纸袋的，农药无法进入，最安全。

近年来，"金手指"横空出世，果皮黄绿色，成熟后，有玉一般温润的感觉，味道极甜，是早熟丰满的甜姐儿，带着浓郁的异域风情，名字也起得有富贵英武气，如传说中兰陵王的金手指。

还有一种晚熟的葡萄，叫美人指，如美人的纤纤玉指。美人指的果粒不是滚圆的，而是修长状，成熟时，果皮前端为淡紫红，基部颜色渐淡，从黄绿到淡红，润滑光亮，如染了蔻丹的美女手指，让人想起《诗经》中那个"手如柔荑，肤如凝脂"的窈窕美人，故有人称之为"葡萄西施"。既是美人，当然个性鲜明，果皮与果肉不易剥离，皮薄而韧，果肉紧致，呈半透明状，口感奇妙，既甜且脆。如果豪放一些，完全可以吃葡萄不吐葡萄皮。

葡萄有多种隐喻，人们甚至借狐狸之口，隐喻那种阴暗的心理——吃不到葡萄就说葡萄酸。新鲜的葡萄是丰盈的、多子的，如饱满的青春，哪怕它离开枝头，变成干果，亦有值得咀嚼的甜蜜。南宋鲁宗贵所画的《吉祥多子图》上，就有露齿的石榴、累累的橘子和成串的葡萄。

葡萄是为酿酒而生的果子，果皮上有丰富的酿酒酵母，果肉中富含葡萄糖、果糖和蔗糖，葡萄摇身一变，便是美酒。当葡萄变成了琼浆，便是文学与歌舞的饮品。老家的人，夏天喜欢自酿果酒。吃不完的杨梅和葡萄，用来浸泡成杨梅酒和葡萄酒。杨梅酒好酿，以高粱酒直接浸泡，一周便成。酿葡萄酒略烦琐——葡萄洗净，沥干水分，阴凉处晾干。酿时把葡萄捏碎，放入玻璃瓶中，加冰糖或白糖搅拌。二十天后，滤去酒渣。月余，即可品尝到新酿的葡萄美酒。色如琥珀，味道清甜，有清新的田园风味，也有葡萄美酒夜光杯的华美。

（本文发表于 2023 年 8 月 4 日《新民晚报》）

马蹄爽、马蹄糕及其他

王　寒

　　马蹄爽与马蹄糕的名字,总让人产生诗意的联想。想到刘因的"马蹄踏水乱明霞,醉袖迎风受落花";想到白居易的"乱花渐欲迷人眼,浅草才能没马蹄";想到孟郊的"春风得意马蹄疾,一日看尽长安花";想到岳飞将军的"好水好山看不足,马蹄催趁月明归";想到尤袤的"却忆孤山醉归路,马蹄香雪衬东风"。怪小时候父母逼我背了太多唐诗宋词,以致我现在看山不是山,看水不是水。

　　实际上,马蹄爽与马蹄糕是一种小吃,是一种跟荸荠有关的小吃。

　　没错,马蹄就是荸荠,好比周瑜字公瑾,诸葛亮字孔明。荸荠原名"凫茈","凫"指在水中浮游的野鸭,而"茈"则通"紫",这种紫色的果实长在田中,是野鸭爱吃的,故名"凫茈"。这名字相当有意思,只是传着传着,成了"荸脐",又因其为水草,而谓之"荸荠"。此外,荸荠还有好几个小名,如马蹄、地栗,因它形如马蹄,又像栗子而得名。

荸荠名字讨彩,在杭州话里,荸荠叫做"备齐",或者叫"毕齐",有吉祥喜庆之意。年关到了,所有的年货都备齐了,一家人可以开心过年了。在苏州,它被视为元宝,苏州人过年要吃"元宝饭",米饭里埋入几粒荸荠,看谁运气好能吃到荸荠,意味着来年财源滚滚。荸荠味甘,想必灶王爷也好这一口。上海人腊月祭灶时,总要放一碗荸荠,希望灶王爷吃了之后在玉皇大帝面前多加美言。

荸荠是个黑美人,一身紫中透红乌中透亮的皮肤,内里洁白多汁,是江南水八仙之一。水八仙包括茭白、莲藕、水芹、芡实(鸡头米)、茨菰(慈姑)、荸荠、莼菜、菱,大多在夏秋上市,都是水灵灵的蔬果。

荸荠长在水田里,周围长了杂草,露在水面上葱管状的叶子,细细高高,看上去就像野草。中药中的通天草,就是碧绿的荸荠茎苗,性凉味苦,有清热解毒、补肾利尿的作用。秋天时,荸荠棒状的花茎上开出细碎的小花,而地下的球茎却不动声色地生长着。秋风一阵阵吹过,从温柔变得凌厉,冬天来时,荸荠的茎秆开始倒伏,荸荠此时已长得光滑圆润,红紫乌亮。重见天日的时候就要到了。冬至至小寒,是收获荸荠的时候,农人赤着脚在烂泥地里慢慢踩踏,感觉到脚底下有硬硬的疙瘩,弯下腰伸手一摸,就摸出裹着塘泥的荸荠,像是一个个泥蛋子。周作人在一首小诗里写"小辫朝天红线扎,分明一只小荸荠",十分俏皮。

很快,市场上就有了一堆堆的荸荠。荸荠长得像算盘珠子。挑荸荠有讲究,要选根部平整的,老话说,荸荠分铜铁。这是以颜色来区别,铜皮荸荠颜色偏红,顶芽较短,外皮稍薄,个大脆甜,适合生吃,而铁皮荸荠红得发紫,色泽暗黑,甜味略淡,质粗多渣,品质略逊,宜煮食或切片炒菜。有些主妇喜欢买带泥的荸荠,买回家可以保存好长时间,而图省事的,多半会买白胖的去皮荸荠。荸荠上市时,街头有削好的荸荠卖,堆放在白碗里,也有像糖葫芦一样,串成一串串的。

荸荠可以生吃,清脆甘甜,胜似秋梨,削了皮的荸荠丰腴洁白,有清心泻火、生津开胃、消食醒酒等功效。旧时有五汁饮,专治伤津口渴的热病,就是用荸荠、梨、藕、芦根和麦冬榨汁而成的。荸荠也可挂在阳台上风干了吃。二十世纪四十年代,萧红去鲁迅家做客,见鲁迅家里的"墙上拉着一条绳子或是铁丝,就在那上边缀了小提盒,铁丝笼之类,风干荸荠就盛在铁丝笼里,扯着的那铁丝几乎被压断了,已经在弯着。一推开藏书室的窗子,窗子外边还挂着一筐风干荸荠"。生在江南水乡的鲁迅,自然深谙风干荸荠之妙。

荸荠也可以熟吃,煮熟的荸荠很容易剥皮,果肉呈象牙色,微微的黄,变得软糯,失了脆甜的口感。荸荠能煲汤,能做菜,江南的荸荠肉丸子、豆腐荸荠蒸肉、马蹄炒虾仁、马蹄炒双果、马蹄炒肉等,都是跟荸荠有关的佳肴。荸荠切片、剁碎,包在青团、饺子、食饼筒、山粉糊、狮子头、肉饼里,能增加爽脆的口感。荸荠还能做成饮品,如马蹄雪梨汁、马蹄西米露、桂花荸荠甜汤等。荸荠是好好先生,是食物中的百搭。

在江南,有荸荠做的各种点心。家乡的荸荠很出名,尤以黄岩院桥的为最,有"院桥荸荠三根葱"的说法。黄岩有道点心,叫马蹄爽,是荸荠去皮捣成糊状,加入淀粉,揉成荸荠团,油炸后加糖而成,爽脆清甜。这道点心,也有人称之为荸荠圆。荸荠圆的叫法,终不如"马蹄爽"三个字有意境。

家乡除了荸荠圆,还有挂霜荸荠。将白糖熔成糖汁,淋在油炸过的荸荠丸上,冷却后表面结成糖霜,谓之挂霜。还有一种荸荠饼,荸荠削皮切成细末,与糯米粉拌匀做成饼,以红豆沙、芝麻

为馅，油炸而成，味道极好。

将荸荠磨碎成浆，过滤后，取沉淀物晒干就是荸荠粉。荸荠粉可以冲泡成荸荠糊当饮品，也可以做成美味的马蹄糕，马蹄糕是将红糖融化成糖水，拌合荸荠粉蒸制而成，似果冻一般，半透明，茶黄色，折而不裂。马蹄糕口感清甜，软滑爽口，吃着马蹄糕，仿佛骏马踏着时光而来，又马不停蹄奔向新的一年。

甜瓜如蜜

王　寒

一

盛暑长夏，南方燠热，阳光从绿叶间射出万千条金线，晃得人睁不开眼。暑气蒸腾，人稍微动一下，就热得喘不过气，地里的瓜果，却喜欢这样的高温和光照，它们在烈日下悄然生长，在夜间蓄积着糖分。黄瓜、倭瓜、苦瓜、甜瓜、东西南北瓜……田里的瓜果，以各种姿态、各种颜色，宣告着自己的成熟。春吃芽，夏吃瓜，秋吃果，冬吃根，大暑摘瓜，仿佛天要下雨囡要嫁人，都是水到渠成的事。

甜瓜一上场，夏天就开场了。家乡把甜瓜称为糖霜瓜，可见它含糖量之高。甜瓜属葫芦科，是一年蔓生草本植物。因其清香袭人，又名香瓜。一个香字，说明它的风情，与别的瓜果相比，它如同一个成熟女子，走路带起一阵香风，有不动声色的性感和欲擒故纵的风情。哪怕最甜的西瓜，都不曾以香字称呼，也不曾以糖霜命名，可见甜瓜招人爱。老舍就说过："西瓜虽美，可是论香味便不能不输给香瓜一步。"比起甜瓜，西瓜稍逊风骚。

甜瓜长得圆溜溜的，像个小皮球，或者是不规则的羊角状。西瓜长得像绿林好汉，一身青碧的肤色，还带着纵横的条块，圆滚硕大，带着几分压寨夫人的霸气；甜瓜就是个小家碧玉，虽长在乡村，却是殷实人家的女儿，刚熟时，一身青绿的纹理，脆而甜，熟后，通体变得金黄，带着几分温柔和娇俏，入口又沙又面。

有一次瓜熟时，我正在黄岩乡村做田野调查，忽然间，头顶滚过几阵闷雷，乌云席卷了大半个天空，雷雨将至。在南方，夏天，雷阵雨说下就下，让人猝不及防。我看见附近有瓜棚，急奔过去躲雨。瓜棚是人字形的草棚，里面架着木板当床，床上有草席。刚进了棚子，雨就哗哗落下，黄豆般大的雨点落在瓜地，砸出清脆声响，地里升腾起一股泥腥气。夏天的雨来得急，也去得快，也就一二十分钟，雷雨过去，空气变得清凉，田野吹来带着庄稼味的微风，田间有蛙噪和蝉鸣，身上却被咬了十来个大包，瓜田里的花脚蚊子十分凶悍，一咬一个红包。

雨后的瓜地，翠绿的瓜蔓铺满了大地，瓜蔓间是一个个椭圆

形的翠绿甜瓜，雨珠子从翠瓜上滚落下来。每一个甜瓜都是独立的王国，它就是自己的王，从下种到生根、吐绿、开花，再到结果，经历了风雨袭击、虫咬鸟啄、烈日灼心，最终以丰盈的面目呈现于人。

二

甜瓜的栽培史有三千多年，《诗经》中有记载："七月食瓜，八月断壶。"食的就是甜瓜。

甜瓜家族十分庞大，千瓜千面，有黄白绿各色，或杂有各种纹路，说得粗放一点，无非薄皮和厚皮两种。王祯《农书》称："瓜果品类甚多，不可枚举。以状得名者则有龙肝、虎掌、兔头、狸头、蜜筒之称；以色得名者则有乌瓜、黄觚、白觚、小青、大斑之别。"龙肝、虎掌、兔头、狸头，这些名字起得生猛，乍一听，还以为进了绿林草莽。

作为一个南方人，我倒是喜欢"蜜筒"二字，因形赋意，形如筒而甜如蜜，比那些龙呀虎的来得形象、家常，"蜜筒"于瓜名，如同水浒人物之花名，美髯公、豹子头、金眼彪、出洞蛟之类。

吃瓜也有讲究，《礼记》载曰："为天子削瓜者副之，巾以绤；

为国君者华之，巾以绤……"天子削瓜，要切成四瓣，再覆以丝麻巾。国君则是去皮后，把瓜一分两半，再覆以粗麻布。越到上层，讲究越多，越到底层，越是简单。在乡村，瓜熟时，一拳擂开，拿嘴就啃，哪来那么多要求，只图痛快便是。

故乡的西瓜全国有名，甜瓜自然也坏不到哪儿去。从瓜地摘一个滴溜溜的瓜，用刀子切下一角，甜蜜中是一口清香的瓜味。乡人常说，瓜瓤、瓜子不能吃，容易吃坏肚子。哼，我偏不信。我吃瓜，都是连着瓜子和瓜瓤一起吃下去，因为一只瓜中，最香最甜最软的就是瓜瓤。

甜瓜顶饥，吃下两个甜瓜，连饭都不愿意吃了。从前老佛爷度夏最爱吃"甜碗子"：新采上来的果藕芽切成薄片，用甜瓜里面的瓤，把籽去掉和果藕配在一起，冰镇了吃。吃上一碗，清凉五内生。

记得小时候吃过一种花皮甜瓜，长得如腰鼓，皮薄而光滑，身上有斑纹，瓜肉格外松脆，水分充足，味道清淡，糖度低，味道很是清口。这几年吃到的玉茹甜瓜，皮薄如纸，表面为乳白色，果肉淡青如翡翠，看一眼，就沁凉入心，成熟的果肉又沙又软，仿佛是快化的抹茶冰淇淋，用勺子一挖，轻而易举便得到绵里藏蜜的一大块，放进嘴里，立马化为清甜的汁水，在舌尖奔涌，如蜜如饴,吃后,手和嘴都糊了一层蜜糖般的汁水。如此绵软的甜瓜,就是没牙的老太婆也可大快朵颐。

甜瓜成熟时,戴着草帽的瓜农,推着一车车甜瓜出现,奔波在城市和乡村的街道里,叫卖着甜瓜。"桑葚才肥杏又黄,甜瓜沙枣亦糇粮",林则徐在《回疆竹枝词》中,描绘了新疆很普遍的一种饮食习惯:以瓜代饭。其实,在江南亦是如此。甜瓜上市时,正是暑热逼人时,我有时吃一只甜瓜就当一顿饭,一个月下来,体重重了几斤,不免怀疑自己身上长的是果肉。

三

小区门口有水果店,卖各种水果,甜瓜有五六种,我买了个哈密瓜,剖开切成几片,一吃,毫无瓜味。想想旧时吃瓜,吃的都是十成熟的瓜,产地与销地很近,瓜全熟了才摘,入口,一股子熟甜的瓜味,那时吃瓜,什么瓜就是什么味,西瓜是西瓜的味,甜瓜是甜瓜的味,黄瓜是黄瓜的味。

现在物流发达,瓜四五分熟时便摘下,运往东西南北,盖因八九分熟的瓜,长途奔波后容易烂掉,故摘下的全是未熟的瓜,全无熟瓜之鲜、香、脆,那味道差得不是一丁半点。或者因为保鲜技术的到位,去年的水果还在出售,样子依旧,但一嚼,面而干,如话痨婆娘说过几十遍的陈年烂谷子事,全无新鲜劲。

年轻时,有如狼似虎的胃口,一到盛夏,拎一只大西瓜回家,一个人,用勺子挖着,吭哧吭哧就吃完了,中年如秋,脾气变得温和,胃也变得温和了,再也不似饕餮那般,面对食物如风卷残云,一只西瓜买回家,两三天还吃不完。因为顾忌着胃,顾忌着糖分,顾忌着体重。西瓜很少买了,买的多是甜瓜,小个,切成几片,两个人分着吃。

朋友从黄岩来,给我带来几个甜瓜。三两个甜瓜,放在案头,香气一阵一阵朝你鼻孔里钻,它的香,比木瓜略淡,却浓于佛手瓜。见瓜如见老友,不用言语,就觉亲切。此刻闻着它的香气,好像还在故乡的瓜地里。炎炎夏日,切几瓣月牙儿般的瓜,就这么安安静静地做个吃瓜群众吧。

【作者名片】

王加兵：浙江省作家协会会员，在《延河》《芒种》《散文选刊》《中国校园文学》《浙江散文》《浙江作家》等报刊上发表作品多篇，著有散文集《裏河》《风在摇它的叶子》《我喜欢你是寂静的：南湖四时生活手记》《在这疾驰的人间》。

美的事物无足轻重

王加兵

美的事物无足轻重，而美，不容置疑。

——题记

云游的路漫长，长过"长安三万里"。长安只是个富丽堂皇的隐喻，而从现实到理想的距离何止三万里。

李白，字太白。"白"，是云一样轻，而"太白"，则是风一样狂。年少可以轻狂，而太白则太狂。李白不会像韩愈那样，字"退之"，积极进取，也不忘以退为进。李白只会向前，绝不后退。曾学道的青莲居士，灵魂的大殿内架着矛与盾，一边青白似莲，一边桀骜如火。"仰天大笑出门去，我辈岂是蓬蒿人"，"安能摧眉折腰事权贵，使我不得开心颜"。对于在儒和道之间挣扎的谪仙人，"赐金放还"是最好的成全。还于何处？依这位诗意浩荡的仙人，当然是"且放白鹿青崖间，须行即骑访名山"。等风风不来，他就去追风；等酒酒不足，他就散尽千金换美酒。访名山，会友人，扶摇直上九重天，与尔同销万古愁。

浙东有条唐诗之路，自萧山，经绍兴，沿剡溪，上溯至台州。台州何其广，"上应台宿"，去天不远，山海相依；台州何其秀，峰峦逶迤，云雾弥漫，石梁飞瀑。台州之名天上来，台州之风自大海。这里是大唐的诗和远方。琼台仙谷有仙人，佛国莲心悟大道。

台州可炼仙丹，可修仙法，可居仙人。长寿秘诀，何止于葛洪的金丹，隐居于青山碧水间的张伯端，修出了"内丹之道"：顺应天地之气，于清逸流动的泉林之间养身炼气；融合尘世道德准则，积德行善，静心养神。张真人的理念是，向外求丹不如向内求己，修生死超脱，其实是修内心彻悟，于万物繁衍、大化演变中参悟生命本真，获得身与物的圆融和解、心与灵的通达自在。道人、仙人、真人，其实也是人，是遵循天地之道的人。

台州可参禅，可说法，可悟道。林幽谷深，月明风清，这片宛如莲花盛开的净土，与佛结下千年的缘分。观云听瀑，坐禅论道，问天问地，问出一个超脱的自己。一念三千，十界互具，无尽的世间,皆在众生浮云一样游走不定的一念之中。行善,持戒,度众生。修行清苦,而参得佛法义理,又何其满足。圆融、和合、协调,通融无碍的佛法妙境达成。台州人宣扬的和合之美,原来是禅师们参悟的天地大智慧。

台州乃三教之林,"教虽三分,道乃归一"。于幽僻之地养生,于云起之处悟道。不论是控鹤委羽的刘奉林、不愿走终南捷径的司马承祯、全真道南五祖之一的张伯端,还是潇洒尘世的寒山、拾得与道济,纵情山水的谢灵运、李白、顾况、孟浩然、戴复古,养生、随性、慈悲、仁义,皆是人间大道、禅宗妙法。

长安三万里,不如青山一净土。十方净土都与众生因缘相应,心若存清净,身就能远离浊尘,永住云山净土。

云山辽阔

一湾永宁水,一座黄岩城。离家五百里,我自浙北出发,沿着诗路奔赴台州黄岩。永宁,既是黄岩母亲河的名字,也是黄岩的旧地名。这里以水为名,曾经是上善若水之地。黄岩,是道人王方平隐居修道之所,幽谷空响,溪水潺湲。而今这里以山为名,山水相依,有山有水,而仙气更盛。黄岩三面倚山,崇山环列,

青峰耸立，烟霞明灭；一面濒海，东海，东方之海，沧海闲云，仙气充盈。山魂海魄，域外仙境，这就是云山辽阔的黄岩。

做人有背景，黄岩人有山海背景；做事有靠山，黄岩人有域外仙山。而我家居杭嘉湖平原腹地的嘉兴，举目无山。见着山，我像是浪子回家见着亲人。见山，就想着进山、登山，仿佛那山是一扇门，或是精神的屋脊、生命的高峰。山高高在上，是平原人的天，登山就是登天；山坚不可摧，是水乡酥软日子里渴望的那一股绝不妥协的硬气。山有云雾，显得神秘，气韵流动，变幻莫测；山有纵深，有人进山做了隐士，有人出山行走江湖，重整旧山河。山可以隐，山可以仙。你看这"仙"字，可见仙家都隐居在山上。再看这"俗"字，俗众总簇拥于谷下。

为诗而来，为仙而去，冲出城池，疾风一样向山进发。

我进山去长潭湖畔的宁溪，参加白鹭湾的读书活动，主题叫"甜意辽阔的地方如何书写"。黄岩，宁溪，白鹭湾，甜意，辽阔，而读的那本书的书名是《江上云起》。江上云起，甜意辽阔，这如蜜橘一般甜美的诗意，正如金山陵美酒一样在云山辽阔的黄岩深山里散播。

见山的那一刻，美，这奇特的玩意儿就奔涌而来，在我左右纠缠不休。山在太阳的指挥下，扯起青蓝的大旗，青是太师青，蓝是孔雀蓝。肥嘟嘟的云朵撒着欢,从青碧的山坡跑过来。山如禅心。禅本清净,偶有乌云遮蔽,大风一来,云开雾散,内外透彻,万物皆明。山敞开心怀,水响在溪涧。有戏即将上演,有美让人心神不宁。

我仰脸向着云朵微笑,那人模人样的造型十分可爱,像甜糯的小家伙,挽着短短的发髻,又像是刚出笼的炊圆。午餐时,我初次结识这叫炊圆的黄岩美食,它们就像云山中游走的精灵。黄岩的云朵是甜的。甜如微笑,可以感染人。黄岩蜜橘甜,永宁江水甜,那自然可以说山上的云朵甜。我在嘉兴南湖边吃过一种冰激凌,"一朵甜",这名字颇有诗意。云朵不是云,云朵与云的区别不在大小,而在于给人的感觉,云朵在视觉上是胖乎乎的,在味觉上是甜滋滋的,在触觉上是水嫩嫩的,而在嗅觉上是海鲜味的,因为它们是从东海里欢腾而来的。

云不能只有白云乌云,就像蓝不该只有浅蓝深蓝。人用于交流的词汇是有限的,而天空的光彩是无限的。当我辨别云和蓝时,我想的是,如何给它们取些漂亮的名字,比如泡泡云、海绵云、梨花云、天鹅云、水母云、雪花云、海蓝、冰蓝、青花蓝、海军蓝、矢车菊蓝、印花布蓝、宫崎骏蓝、王希孟蓝。"五色令人目盲",还是简单点好,这蓝的天、白的云、青的山,足够包含一切缤纷灿烂。

天光明净，像是受了沐洗的灵魂。本以为这是苍天给我的欢迎仪式，其实我想多了，这盛大是雨的排场。

七月的风要来了，大风会把海连同它的蓝，托举在苍穹九天。云没长脚，是风背着它在辽阔天空中放纵奔跑。风背着云，像背着一个白色帆布包。风可不是走街串巷的快递员，风生水起，风云际会，风华绝代。但风在哪儿呢？风没有云那样舒展柔软的形体，也没有山那般凹凸有致的轮廓，我看不见风，但它存在于山海之间。"大风起兮云飞扬"，风天生是大事件的推动者。

我对美的阿谀奉承，着实让云山无言以对。

我说，这是漫画云，怎么画都有意思。

司机说，这是台风云，风一来就没意思了。

司机大哥伏在方向盘上侧头看天。云山的美，不容置疑。

司机大哥三番五次诱惑我，说台风云最好看，好看的风景在云端。仰望云端，其实不远，就在对面那长潭湖畔的黄毛山上。人的家在山下，云的家在山上，人抬头仰望，云有时高入青天，有时掩进苍山。

对风雨，我有所顾忌；对美，我无所畏惧。"脚著谢公屐，身登青云梯。"打开云天之门的方式有很多，野蛮一点就是咬牙切齿地爬，样子狼狈，但上去砰砰两声叩响云天的门，大有"直趋长安，叩天子门"的气概。

嘀嘀，嘀嘀。滴滴司机是位老司机，他驾轻就熟，说："开车上山更刺激。"

车逆永宁江而上，与石陀人相对而过，临着瘦长的长潭湖上行，上行。久旱不雨，这大山的眉眼干涩，这失水的肌肤让人忧愁。永宁江需要补给，黄岩城需要滋润。昔日云蒸霞蔚的长潭湖，犹如一张饥渴的嘴巴，亟须风雨鼓噪，云山激荡。

山峦已做好接收的准备。云朵奔跑在路上，从海到山，搬运最纯净的水。台风打着漩涡，在海的那边扇风鼓劲。女人披着蓝丝巾，刚出门，丝巾就被风卷上了天。男人抹了一把脸，原来汗珠是云朵匆匆奔跑时溅落的雨点。云天低垂，众生不息。火辣的太阳看在眼里，亦羞愧，亦欢喜。

嘀嘀，嘀嘀。车子盘旋在山腰。远山如黛，近水含烟，流云如瀑，光影变幻。云是一滴素色的水墨，如果你有如椽大笔，可以踮脚在丝滑的天幕上挥毫泼墨，不论黑白、浓淡、干湿，也不论披麻、斧劈、雨点、云头，侧逆拖散，莫管什么墨法笔法皴法，气韵生动已经足够。山有腰，而且美，这确定无疑。

"有人问我蓬莱路，云在青山月在天。""行到水穷处，坐看云起时。"看云可悟道,云中有大道。传灯法师驻锡天台高明寺期间,看云,听瀑,咏般若,于禅定中领悟义理。他在禅坐的那块溪石上镌刻了"看云",此溪石就成为"看云石"。而一位名为杨师孔的读书人,游历天台,见"看云"二字,欣然去对面的山岩上,题写"看看云"。传灯看云,他人在对面看传灯看云。其中禅机,恰如传灯诗中所写:"青紫芙蓉峰下客,闲收云瀑两平分。我于峰畔看飞瀑,隔岸有人看看云。云在瀑流声里度,瀑从云脚石边沄。看云观瀑两俱胜,泉石优游事可欣。"云山如智者,能觉悟生命。

智在何处?方孝孺说在"气",气是物质的实体:"天地有至神之气,日月得之以明,星辰得之以昭,雷霆得之以发声,霞云电火得之以流形,草木之秀者得之以华实,鸟兽之瑞者得之以为声音毛质。"莫说这"气"学玄乎,你登高山,极目四望,山川起伏,流云卷舒,草木荣枯,变或不变,其中无穷之态,皆是天地自然之智,超乎人之常规想象。

"白也诗无敌,飘然思不群。"说李白风流倜傥,你不会有异议,而说天台、括苍英俊潇洒,你可能会觉得不可思议。云山辽阔,万物葱茏,有胎骨,有形势,有雾岚,有叠嶂,有浪涌海啸,有幽谷悬崖,山川万物寓灵于人,人委身于天地自然。山有拱揖,海有吞吐,山海脉通天地。云山沧海毫无保留地泽被苍生,此中灵性与神韵,自当飘然。

若你看见沧海的含泓广大,却不知云山的吞吐激荡,恰似你相信有瀛洲、阆苑、方壶、蓬莱仙境,却偏偏不知眼前这辽阔云山就是美的实相。于是,台州多关于仙人的传说,比如轩辕炼丹、刘阮遇仙、委羽控鹤一类,盖山岳神秀、云霞蒸蔚、别有洞天之故。美,依附于物质,而美的物质,束缚于形色,及至物化坠于尘俗。唯有美的精神,可以羽化翩飞,轻,而且高。远望取其势,近看取其质。美,需要精神的距离。你看松岩山上那高耸的石陀人,远眺是痴情的男子,亦是橘乡的守护神。而遥遥相隔,为爱日夜守望的温岭石夫人,近看只是一块千万年前的流纹岩巨石。石陀人、石夫人、遗世独立,双峰奇秀。美,总是栖于高处,或是远在辽阔的远方。

在黄岩的云山间观看美的事物,需要证人。如果你下山与朋友说,我在山里遇见一座雪山或在山里看见一片"海",谁信?而长潭湖的西南山口真的有座银光闪动的雪山,长潭湖上真的有片浪涛翻滚的"海"。于是,我约上证人——一位扎着青葱发辫的青年。他叫怿飞。怿,是欢喜的意思,能够如列子那般御风而飞,便是天地间的大欢喜。人是土地之上的物种,轩辕控飞龙,列子御清风,萧史乘风而轻举,英氏乘鱼以登遐,他们各有神通。怿飞,是我来黄岩后邀约出行的伙伴。我问及其姓名、年龄、工作、籍贯,得知他居然与我儿是嘉兴一中的同学,还住在相邻的小区,我们算是隔代的有缘人。怿飞,一个像李白一样渴望飞翔的俊朗青年,上山,竟晕山路十八弯,晕云天千万变。晕,是个好反应,既是生理上的自我保护,也是内心中的敬天畏地。司机说,云山有魔力,闭上眼,眼不见,头不晕。

其实,这车谁坐谁晕,先是耳鸣,然后看见天穹如一个透明的球,苍生万物歪斜在这明晃晃的球里。车醉意朦胧,人摇摇欲坠。离地三万里,人心终究轻浮得不知所措。司机一定不晕,他是老司机,天旋地转是他或快或慢操纵的把戏。

落地处是一片茶园。两脚刚能左右平衡,恍惚间撞见一只撑伞的龙猫,灰色的皮毛,白色的肚皮,肥硕而憨厚。它从坡下的茶园上来,温柔地等在我们经过的路边。它是动漫里的精灵,它是孩子们的"龙猫"。它白天昏昏欲睡,晚上坐上树冠,吹响遥远的竹笛,守护孩子、田野和森林。动漫里说,只有心灵纯净的孩子才能看见它,而成人却不知道这些。丢失之物,未必消失,只是暂时被人忽略或遗忘而已。不是谁都能看见龙猫,正如这一清二白的夏天,云山宁静,天地安详。

我们小心谨慎地踏上"天空之镜"——一面巨大的玻璃镜面,远眺青山起伏,湖光隐约。天光云影,镜头装不下的,这面镜子里都有。俯身而视,镜面上还有一个渺小的自己。看山看水,能看出自己的小。东南方向,人的城池也小,被搁置在云山之外,而风雨依然用云烟笼罩着它。城,静卧在辽阔的温黄平原上,有高楼、厂房、高架环线;江,如柔软的心肠,从长潭湖出发,润湿甜意辽阔的土地。沧海桑田,海侵,海退,千年万年,勤劳而智慧的大地之子深耕甜意,深谋向海的出路。

"云从龙,风从虎",风动虫生,风动水生。"霓为衣兮风为马,云之君兮纷纷而来下。"云的家,住着仙人,也住着风和雨。

水,云,风,雨,水……这是一个闭合的酝酿过程。从云到雨,滤去了盐分,留下了美。道家把这叫"仙",美学家把这叫"气",气象学家把这叫"降水"。降水需要充足的水汽,临海的黄岩不缺。降水需要海拔抬升的地形使得水汽能够受冷凝结,崇山环列的黄岩更不缺。

风来,雨来,风雨疾驰而下。我们去躲雨。躲雨,到底躲的是什么?生命脆弱,躲的是临危而生的畏惧与慑服。

推门躲进云端茶室。室内有一位清俊的姑娘和满屋的绿野茶香。其实还有一只黑凤蝶,如我们一样进屋避风雨。它有些

胆怯，独自在素色帘布边摇摆。室外是全世界，风雨如注，室内则若净土。云端之上，风雨之时，我们都是被灯火人世遗忘的人。

我们坐下吃茶，闲谈。茶室内的姑娘姓王，老家河南，探亲回家的路有段与我是一道的。说起工作，她几年前竟然在我生活的南湖上过班。大家都似曾相识，都曾在一个空间生活，只是彼此像两条不平行的线，在某一点短暂相遇，然后各奔东西。

"有缘相逢。"怿飞说，"你这样有若仙人的工作让人羡慕。"

王家姑娘说："离家太远，也想家，想那烟火生活。"

这话让怿飞很伤心，他下月即将漂洋过海，去万里之外求学深造。

美是天地的馈赠，但美不能替代生活。美与生活，是橘树上的白花和柑橘，是青山里的仙人与樵夫，向往，亦疲倦。

山雨来去如风。我还没来得及给远方的妻儿发送短信，诉说在云端的故事，雨住风停，世界净洗一新。

山峦白雾起，湖山远近错落，好似一幅宋人的写意山水。董源，巨然，郭溪，荆浩，李成，范宽，米芾，马远，夏圭，从溪山行旅、沙汀烟树、湖庄清夏、云山戏墨，到林峦积翠、清泉乔木、虞山林壑、江亭饯别……当文人遇见山水，山水顿然多情起来。气象萧疏,烟云清旷。雾霭氤氲,云水温润。绵延旷远,树石拙朴。山势高立,深奥幽远。宁静、明亮、空灵,皆是妙合自然的天地大美。如果诗心是文人坚守的庙宇,那山水就是画家纵情的乐土。画家们向外探索自然,向内发现自己。笔墨之下山水无际,内心之中山河绝恋。

当然,纵使画家如何寄情写意,气韵横生,也只是对山水林泉的模拟。美,由内部孕育,活力与生气,皆是天地造化。

下山,路如千回百转的心思,左右左右左右,具体多少曲折,数不过来。下山,仿若一瞬间从天上飞落尘间。上山升为神仙,下山落为凡人。我把那本与我一道云游的书《在这疾驰的人间》送给怿飞,题写"人间疾驰,荣枯勿念"。

下山,蝉嘶如光,从茶园的香气中来,从云山的裂隙中来,响彻7月的烟火人间。

我与王家的姑娘互相不曾留下半点信息,就此一别,云山辽阔如海。

执着于美的事物,以为万千都是我的,一松手,原来千万都是空的。而美,长留心间,不容置疑。

人间自适

下山，我前往黄岩城南门外委羽山。山矮，高不足百米；山小，只有五座似连非连的小丘。堪舆家说，这是金、木、水、火、土五行之山。五行，分时化育，以成万物。五行相生相克，五方五德，蕴含先民认识世界、推演万物的哲学智慧。上古仙人刘奉林控鹤飞举，鹤羽坠落于此，此山因此得名委羽山。山小洞天大，轩辕黄帝藏丹经于此，"承以文玉，覆以磐石，金简玉字刻其文"。大有真人修道于此，号其为大有空明洞。小有清虚洞、大有空明洞分别是道家一号、二号洞天。小有，蓄积累聚之意；大有，大有收获之意。神仙不只炼丹药，也炼天地智慧。大有空明洞清奇幽深，乡人皆说，入洞，可前往东海龙宫。

向南，西江之畔，有座小之又小的山丘，五行属土，名叫土屿山。山形如覆缶，登者于鼓石处敲击，则有声如鼓，村人亦称之为"鼓屿"。山不在高，有仙则名。作为委羽山最接地气的一部分，此地有古戏台、永清堂、护国宫等历史文化遗存，但多已败落，甚至山体也损毁殆尽。土屿有南宋张氏祠堂，张氏始祖从广东曲江迁居永嘉，再从永嘉辗转至土屿。得益于土屿土肥地沃，

山优水雅,加之张氏子孙秉承耕读传家、敦亲睦邻、自强不息的家训遗风,张氏经历千年繁衍生息,渐成望族大姓。土屿声名在外,素有"小小黄岩县,大大土屿府"之美称。

领我走进张氏祠堂的是张氏后人张友桃先生。张友桃先生时年八十六岁,属虎,比我年长整整三轮。

这天,雨后初晴,天朗气清。黄岩南城街道义新村办公楼连同文化礼堂整饬一新。村里工作人员晓晓负责联络我与非遗传承人张老师见面。早知张老师年长,但初见足以让人吃惊。刚听楼下有人在喊"张老师来啦",转眼,张老师已经拎着黑色公文包举步上了二楼。二楼有他的工作室,满屋子光彩照人的湖船。我是20世纪70年代生人,一眼就认出这民间的文艺宝贝——湖船。

没等我上前客套几句,张老师已经指着花花绿绿的船娓娓道来。像是老爷爷见着远道求学归来的孙儿,欢喜激动,无以言表。我侧耳倾听,微笑注视,频频点头。遗憾的是,张老师的乡音像是隔着几个时代,无论如何,我也只能略听懂一二。幸好有晓晓随行在旁,告知我那未听懂的八九。

湖船制作看似简单,其实很难。张老师根据经验,独自制作这些湖船。竹枝是筋骨,彩布是外衣,金箔是装饰,流苏是神韵,纯手工编扎，一周做成一条湖船。晓晓说，张老师不是手艺匠人，没有竹匠的刮刀、拉刀、卡刨，也不懂工艺美术的造型、意境、技法，只有一些日常的家用刀具和简陋的装饰材料。张老师不曾刻意学谁，边做边想，所做湖船没有一条是相同的，但没有一条不是花费心血做成的。

手艺可以不精，但有一副奉献文化的热心肠，足够守艺上百年。

湖船不像灯彩，扎好，挂上，万事大吉。湖船的美不在实物，而需要去特定场合闹起来才够味。就像闹元宵，元宵不是重点，闹出气氛才有味儿。闹湖船要有人演，每条船有一男一女，女是乘客，男是艄公，两人手拿船桨，或是肩系红绸带，一唱一和，载歌载舞，唱词自编，调子多为莲花调。闹湖船不比唱功，比表演。六七条湖船互相倚靠，高低起伏，互相穿插，来回转圈，仿佛船在浪头搏击，人在潮头伫立，也可表现云淡风轻的悠闲、茶余饭后的自足。空有人演，还不算闹，台下或是街旁，山呼海啸，人欢马叫，人群中压抑的火要被点燃，人心里蓄积的情要被释放，这才叫"闹湖船"。

闹湖船的高人是陈庆吉。张老师指着昔日的彩照，比画那变化多姿的舞步：闲庭信步（四方步）、凌波微步（小碎步）、激流勇进(转圈步)、乘风破浪(进退步)。陈老先生曾是新桥头闹湖船的招牌,现已九十二岁高龄,再也闹不动了。人生大闹过一场,也无多少遗憾。

而这一民俗文化的传承人张老师,不是天生的闹湖船表演者。20世纪90年代,他从村领导岗位上退休后才接手闹湖船民俗文化传承工作。"莫道桑榆晚,为霞尚满天。"召集人员,编唱词,组织排练和演出,这些工作张老师一做就是三十年。

新桥头村的闹湖船远近闻名,表演者常被邀请去街道、县里,甚至温岭、临海等地的节典、灯会、赛神会上进行表演。最热闹的当然是土屿三官会。正月十五起,土屿护国庙要做七天道场:七天的香烟缭绕,七天的梵音不绝,七天的钟鼓萦绕。七天献给各路神灵,然后就是盛大的迎会游行活动。踩街队伍簇拥而行,从护国庙出发,边走边演,表演项目有抛瓶、闹湖船、走高跷、纺车盘、打花鼓、唱莲花、说道情、大补缸。这些老百姓自编、自导、自演的项目,滑稽有趣,朴素可爱。沿路人们扶老携幼,一呼百应,声浪震天。寂静的乡村闹起来才有活力,才算烟火人间。

民俗活动的魅力在于贴近生活,像永宁江两岸开出的橘花,也许不登大雅之堂,却为生活增添了甜蜜。人间自适,勤劳智慧

的人民自有娱乐精神。

张老师曾是村干部,他擅长寓教于乐之法,除唱一些国泰民安、风调雨顺、家门吉庆的套话之外,还在唱词中说政策时事、乡俗掌故,浅显易懂,为老百姓所喜闻乐见。

张老师翻开一本写着"香港百年回归莲花"的唱词,一页一页地翻,一句一句地念:

甲唱:

香港本是中国的,

清朝出卖国土不应该。

英国烟贩起黑心,

运进鸦片害国民。

黄金白银往外流,

军民吸了命归阴。

鸦片流毒千年祸,

中华民族受害深。

合唱:

荷花开,杀啦啦格。

乙唱：

二字写来下划长，

鸦片运进多得猛。

人民吸烟上了瘾，

毒品害人伤天良。

合唱：

荷花开，杀啦啦，两打一朵梅花，花开荷花郎。

张老师已有八十六岁，他不戴老花镜和助听器，声音清亮，精神饱满。念到合唱部分，自然会依着曲调，深情地哼上一会儿。2012年，张氏族谱大会在土屿召开，街道组织了舞龙、舞狮、闹湖船、走高跷等众多文化活动，乡亲们赶来围观，人声鼎沸，人心欢腾。这让张老师自豪了好些年。

粗粝与精致、通俗与优雅、下里巴人与阳春白雪，虽艺术形式有所不同，但美的本质是一样的。美，本非生活必需，功用不值一提，但生活不能没有美，人心不能没有美。

手艺不难，但守艺不易。我们在宁溪白鹭湾欣赏过孩子们演奏的《作铜锣》。作就是敲，一群孩子，合力敲响铜锣，古意满山。江南古韵，在宁溪薪火相传。踩高跷，迎会时的必备节目，也在黄岩的校园落地生根。而这新桥头村的闹湖船，如今只有二十来位中老年人在演。为何不能在孩子们的梦中闹上一场？张老师不甘心，却也想得开。旧形式，缺少更新容易被淘汰，新时代，一定会有新文化。

美可以育人，文可以化人。如果新文化尚未到来，那就不要轻易把旧文化抛弃。这样，孩子们才不会成为没文化的一代。

张老师的宝贝很多，有满满一皮包：闹湖船唱词本、历史掌故整理本、个人回忆录、旧时乡村通信簿、张家族谱谱系图。

说起族谱，张老师激动不已。对家族故事，我也兴趣盎然。我们一拍即合，从义新村文化礼堂穿街过巷，来到新桥头村张老师的家。新桥头，当然有座桥，桥下就是甜蜜的西江水。

张老师腿脚好，眼神好，记性好，兴趣也极好。他向我们介绍他的书房，书房中有字画、书柜、地方戏曲曲谱，重点当然是封箱的族谱。张老师平时编唱词，练书法，写回忆录，喝老酒。爱饮酒之人大多有个乐趣，那就是收藏酒瓶，张老师收藏了满满一橱柜，最多的是金山陵酒瓶，有灰陶的、青瓷的、古铜的。酒醉了心肠，瓶子收藏了时光。人间滋味，不过一瓶酒、一曲词、一场热闹的歌舞。

三千人宗亲大会、温州宗亲大会、土屿宗亲大会，张老师指着墙上挂着的合影说，将来要在新加坡组织世界张氏宗亲大会。张家，张氏，在土屿是个传奇。张氏先祖张渚在宋高宗南渡时期，从永嘉张溪迁居黄岩土屿，传承八百多年，成了名门望族。而张渚的先辈，广东韶关曲江张宏愈生了三个儿子，分别为九龄、九皋、九章。张九龄是唐玄宗时期的宰相，又是著名文学家，曲江张氏于是门庭显赫，家风绵长。张九皋的后裔张景宣在唐时从广东韶关迁居福州长溪，其孙张天彬从福建长溪迁居浙江永嘉，及至张渚迁居土屿。土屿张氏，秉承张九龄开创的"曲江遗风"，"敦亲、博爱、厚德、自强"，形成"土屿遗风"。

张氏宗祠是张家的，也是中国的。其中蕴含的丰富历史文化，具有文明之美。

费孝通说，在乡土社会里，每个人都是一个中心，每个人都有一个以亲属关系布出去的网，像水的波纹一样向外扩张，形成一个社会体系。这就是场域，人在场域中，自然也在场域中。《周易》有言："观乎天文，以察时变；观乎人文，以化成天下。"

站在张氏祠堂的台阶上，村干部介绍说，这里要建一个文化公园，恢复受损的山体，供村民休闲娱乐，保护委羽山历史文化廊道上的古迹。后来我得知，土屿山文化公园项目由同济大学杨贵庆教授的团队负责设计。杨贵庆教授是中国城市规划学会山地城乡规划学术委员会副主任委员，我读过他的《乌岩古村——黄岩历史文化村落再生》一书，也流连过古朴宁静的乌岩古村。

历史文化村落，不是公园，也不是博物馆。历史、文化、村落，需要从历史中唤醒，用文化激活，服务于乡村百姓热热闹闹的生活。

人生不过热闹一场。人生不过自我安适。

黄岩名士王舟瑶有《寓园适轩题跋》，写道：

> 人生贵自适耳！鱼知适于渊，鸟知适于林。天地以其烟霞、泉石、奇花、异卉之美，点缀于两闲。正所以资人之自适也，然溺志于俗尘者不知自适，以身为形役，未免鱼鸟笑人。

有人渴慕三万里长安繁华，不辞千山万水；有人慢品人间烟火，闲观岁月漫长。纵使人世千辛万苦，流云依旧安抚人间。云山辽阔，人间自适。不论仙与俗，都是生活的一种打开方式。

七月，青橘膨胀，永宁江水静静流淌。不论海侵与海退，这片酝酿甜蜜的山水，万物齐美，不容置疑。

【作者名片】

　　徐海蛟：作家，中国作家协会会员，宁波市鄞州区作家协会主席。著有《不朽的落魄：十三个科举落榜者和他们的时代》《山河都记得》《故人在纸一方：致故人的二十四封书简》《亲爱的笨蛋》等作品十四种。曾获人民文学新人奖、三毛散文奖大奖、浙江省"五个一工程"奖、浙江省青年文学之星优秀作品奖、浙江省优秀文学作品奖等奖项。

去往大海的路

徐海蛟

五岁那年，我对世界的想象相当贫乏。

我以为世界的每个角落都长满了莽莽苍苍的山，以为世上每个孩子早晨醒来，见到的都是相似的小村庄：石头墙、黄泥地、错落于山腰上的梯田、包围着村庄的竹林。更高处一片片深绿的松树拥簇着，在起风的傍晚，将阵阵松涛送入人们的耳朵。夜晚格外漫长，睡眠是黑夜唯一的内容，村子里没有一种叫"电"的东西，也没有和电相关的东西。村中没有自来水，我们的水，都是家人一早起来，到小溪边挑来的，倒可以叫"自然水"。

五岁那年，我觉得自己已"遍历世事"，村庄里的人，一生简单，像一天那样一目了然。一个孩子，等到稍稍长大些，便到田里去，一头牛、一张犁、一把锄头，承载起一个个日子。再等很多很多年,他们老了,冬天缩在角落,靠着草垛或墙根晒太阳,太阳缓缓向西沉落,他们就慢慢挪动身下那把古老的板凳。等到太阳落尽那一刻,暮气沉沉,他们就起身走了,悄无声息地走出这一成不变的人间。

这是我能见到的全部。

我和小伙伴们很想知道外面是什么,于是我们常常往外跑。跑了大半天,我发现那座连绵起伏的山仍在面前。我们很想甩开这座山,想躲开它的视线,可山是无处不在的,无论我们往哪个方向奔跑,往东还是向北,山巨大的身躯都在那里,我想它一定无数次暗暗发笑:你们这些小屁孩,跑不出我的掌心。这种感觉令我想起孙猴子的经历,他当年在如来佛掌心里,大概也有这样的困扰。

直到有一天,我们几个小孩从村里年轻人的口中听到一个词语"城里",才知道世界有另外的样子。他们是最早甩开这座大山的人,他们走到了一片开阔的土地上。城里返回的阿辉和阿林坐在村口石桥上,兴高采烈地讲述自己的见闻,身旁围绕着一群拖着鼻涕的孩子和落光了牙齿的老人。风吹过来,吹动他们身上款式时尚的白 T 恤,也送来桥边楝树花的香气,平添了见闻的美好。高楼大厦、琳琅满目的商场、宽阔的马路,还有四个轮子的汽车,从此走进了我们的耳朵里,并且时不时地浮现在没有电灯的夜晚。

"我们以后也去城里吧?"坐在村里小学校外那条青石路的路沿上,我不止一次和小伙伴们说到"城里",但当我这么说的时候,并不知道如何到达"城里",更不知道"城里"有多遥远,那只是孩子随口谈起的希冀,像童年的理想一般不着边际。

可是,没过多久,我们就从阿辉那里知道了一件事:村里通车了。每周一三五,会有一趟大客车,发往台州市的黄岩城区。

于是,我们对大客车生出强烈的好奇心。

有一天,我们决定去看看大客车。念头一起,即碰到了难题:一群小伙伴中,有两个已经上小学了,不像我们几个小的还没进过校门,而大客车会在上学的日子的早晨7点半准时发车,朝山下开去。可我们是一定要看到大客车的,如果起得足够早,那两个男孩相信自己能准时赶回来上学。那应该是我童年里第一次起得比父母早。头天晚上,我在父母面前磨了好久,才得到准许。我们走到村口时,太阳还没爬上东面的山脊,晨曦勾勒出一片深黑的剪影,边缘是金亮金亮的。晨风扑面而来,这是从山的那边,从城里吹来的风吗?它那么清新,就像一个令人振奋的消息。

　　我们终于见到了大客车，那是一个庞然大物，就像一间大房子。车身上溅满了泥渍，原本绿白相间的图案几乎看不清了，四个轮子上也沾满了黄泥，就像在黄泥沟里滚了半天爬出来的淘气包脚上的雨鞋——显然它每天走的是一条泥泞曲折的路。

　　我们远远地看着，打量着，被这个陌生的"客人"震住了。过了好一会儿，我们才一点一点靠近它。已经有人陆陆续续上车了，那些上车的人，眼睛里写着憧憬，我想这大概是进城的喜悦。

　　那天早晨，我们一直等待着那辆大客车发动起来，等待它发出牛吼一般的响声，并从屁股后喷吐出一股黑烟，等待它摇摇晃晃地向着大山的外面驶去，最终拐了一个弯，消失在一块突出的大石头后面，我们才舍得往回走。

　　太阳升起来了，现在它在我们身后，将石头铺的回村小路照得金灿灿的。

　　我没有想到，八岁的夏天，已到了另一个城市的父亲写信来，要我到大山外面去上学。我问家里的"读书人"小叔："我爸爸在什么地方？"小叔说："你爸爸去了一个遥远的地方，那里能看到大海。"

　　我听过"大海"这个词语，而且我的名字里就有"海"字呢。不知道为什么，明明出身于大山里的爸爸要给出生在大山里的儿子取名叫"海"，爸爸是预见了未来儿子将去往海边吗？不过我根本无法想象大海的样子。

8月一到，我就要离开故乡了。

那是1988年，我第一次出门远行。我终于要去坐大客车了，之前，应该是三四岁时，我坐过一次车，妈妈告诉我，有一次我们搭乘运货的拖拉机去看病，但我已全然没有记忆。

我没有想到，旅途这般曲折漫长。我怀揣着即将见到大海的喜悦上了车，一进入车厢，就闻到一股难闻的柴油味儿，小叔却说："柴油味儿真好闻啊。"听他那么说，我试着去感受柴油味儿的好闻，可没有一点儿用，它还是那么难闻，这不是以人的意志为转移的。汽车发动了，我看到车窗外的树移动起来，车很快开到一片竹林处，竹林也移动起来。我开始头晕，又不想让头晕冲淡心里的期待，小叔一定从我脸上看出了晕车的端倪，让我将头靠在车窗上，眼睛不要看窗外。大巴车呼啸着朝前开去，车轮碾过石子路，车身不断摇晃着，吱嘎吱嘎地响。它转过一个弯，又转过一个弯，前面还有无数的弯在等着。我觉得我不是坐在一辆车上，而是坐在一条疾风大浪中的船上（当然这是我长大后才想到的比喻），那车身起伏着，震动着，一刻没有平稳过，胃里的食物翻搅着，我再也忍不住了，在某一个转弯的地方，发出了一阵干呕。小叔随即把我抱到他的腿上，让我将头朝向车窗外，随着车身颠簸，我大口大口地呕吐起来，直吐得五脏六腑像被翻转了一般。

吐完后，身体的不适略略平复了些，晕眩感却没有消失，我靠在座位上气息奄奄。大客车却在盘山公路上一刻不停地奔跑，吱吱嘎嘎的响声仍然不绝于耳。不出半小时，胃部的搅动又上来了，我多希望车能停一停，但它丝毫未曾顾及一个孩子的感受，也丝毫未曾怜悯我再一次的呕吐，这一回，胃里已没有食物了，吐出来的全是黄水。

这是我第一次远行，从富山乡到黄岩县（现为黄岩区）下面的宁溪区（现为宁溪镇），汽车自大山中的石子路上攀爬下来，竟耗费了三个多小时。当我跳下大客车，我以为已经到了黄岩县城，没想到小叔又即刻去排队买了票，要换乘一辆客车才能到县城。经过刚才三个多小时的颠簸，我已害怕乘车了，可有什么办法呢？旅途刚刚展开，没有旅人能选择中途停下。

接着，我们又坐上了一辆同样破旧的客车，它同样地发出吱吱嘎嘎的响声，同样地像海上风浪中的船一般摇摆不定，用了两个小时，终于晃到了黄岩县城。

当晚，我和小叔住到了四叔所在的汽修厂的小宿舍里，小宿舍狭窄逼仄，四叔的室友把一张床让给我和小叔，自己跑到另外的宿舍去住。躺到床上，我仍觉得天旋地转，多希望那个夜晚被无限延长，让我能推迟乘车。

我虽然心里担忧接下来更长的车程，但第二天一早，我们还是匆匆赶往黄岩县城的车站。车站里灯光昏暗，人声鼎沸。我们要在这里乘坐大客车，前往"遥远"的宁波。这真是一段漫长的车程，从地图上看，宁波与台州是相邻的城市，只是隔着几座大山而已。可就是这几座大山，平白无故地让通往海边的路变得遥远了。汽车得在盘山公路上行进，从山脚爬到半山腰，再从半山腰爬到山脚。一路要经过好多山岭，什么黄土岭、猫狸岭、青岭、麻呑岭，听听名字，就知道大客车一路开过来有多费劲了。

台州到宁波的路，我们走了六个多小时，大清早出发，下午一点多，满身征尘的大客车终于驶入宁波南站。我想这下离父亲所在的地方很近了，整个人都松懈下来。可小叔说还得转几辆车，为了慰劳接下来这段行程，他在车站买了两根奶油棒冰，那是我第一次吃到奶油棒冰，在人声杂沓、热浪汹涌的汽车站旁。

大概半小时后，我们再次出发了。我们先从宁波南站买了车票，等一趟驶往城市西郊的班车。到了西郊，再买票，等一辆驶往西郊更西面一个叫卖面桥车站的班车。每辆车身上都蒙着厚厚的尘土，它们在城市和乡村间的土路上奔跑，像一个个疲惫的流浪汉。

来到这座海边的城市，我摆脱了大山的追随，汽车驶离城区，向郊外进发，路边田野中，晚稻蓬蓬勃勃地生长起来，铺陈出无边的绿意。路仍然是石子路，在平原上行进，汽车仍然颠簸，我蜷缩着身体，两手紧紧抱住前面座椅的靠背。

去往大海的路竟会这般漫长，还没有见到海，童年的心已开始为远在天边的故乡惆怅。每当春节临近，我们返乡探亲都是一项艰巨的工程。我们得天蒙蒙亮出门赶车，经过六个多小时的颠簸，回到台州的黄岩县城，于小旅馆住一晚，第二日早上，再乘坐大客车向山里进发。晕车的症状折磨着我，我既渴望回故乡，又害怕回故乡，这样一趟跋涉，令人筋疲力尽，得好几天才能缓过来。

但我没有想到，这条返乡的路，在一个又一个春天的更迭中，发生了天翻地覆的变化。1994 年，甬台温高速公路破土动工。2001 年，我二十二岁，正是青春张扬的年纪，坐在前往台州的大客车上，尼奥普兰大客车显得宽敞洁净。道路平坦，隧道光

明,童年时代的那条尘土飞扬的盘山公路再也见不到了,宽阔的高速公路穿山而过,那些曾经的客车翻越过的山岭,现在变成了隧道的名字——麻岙岭隧道、猫狸岭隧道、黄土岭隧道,一个个似曾相识的名字仿佛提醒着我曾经艰辛的还乡历程。更重要的是,从宁波去往台州黄岩的行程变成了两个小时,黄岩回山里的交通,也有了质的变化,那条自大山崖壁上开凿出来的晴天尘土飞扬、雨天满地泥泞的黄泥石子路,早已变成了水泥路,半个小时一趟的班车,随到随走。早晨自宁波出发,下午3点,我已坐在故乡小村庄的石桥上了。

从五岁到二十二岁,我一直在向外走,只觉得世界那样大,现在因为一条平坦的路,因为性能不断蜕变的汽车,世界突然变得很小,童年时感觉遥远的故乡又在朝夕间可以触及了。

当然,更多的春天还在到来,更多春天一般的奇迹也没停下来。

2009年,甬台温铁路开通。到了而立之年的我,坐在回乡的高铁上,旅途变得明媚,路上再也没有尘土,没有颠簸,没有柴油刺鼻的味道,这一段回台州的路,G字头高铁走完仅需一个小时,这意味着,我在早晨出发,中午就可以到故乡的村庄吃午餐。

这几天我又惊奇地发现,一个小时仍然不是返乡时间的极限。甬台温高速铁路的规划与建设正在新的春天提上日程，这意味着再过几年，我将可以在三十分钟内回到故乡。而那条2001年开通的甬台温高速公路，现在已经拓展成双向十二车道了，从大山深处的小村庄前往海边，驱车也就三个小时。

这一条条由浙江东部抵达浙江西南部的路，是在时代的腹地里长出来的，在更多地方，在更广阔的中国大地上，还有许多许多这样的路，还有许许多多孩子将以更快的方式抵达自己的梦想。

生活恰似一部精彩的小说，你不知道接下来会读到怎样的情节。就像童年的我，不知道世界那么大，大海那么遥远；也像现在的我，才明白世界并不大，大海也并不遥远。

（本文发表于2023年第4期《读者·原创版》）

【作者名片】

　　周华诚：稻田工作者、作家、独立出版人。中国作家协会会员。"父亲的水稻田"创始人。在《人民文学》《中国作家》《散文》《江南》《雨花》《散文选刊》《广州文艺》《人民日报》《光明日报》《文汇报》《解放日报》等报刊上发表作品逾百万字。著有散文集《流水辞》《不如吃茶看花》《寻花帖》《春山慢》《廿四声》《陪花再坐一会儿》《素履以往》《一日不作，一日不食》《草木滋味》《一饭一世界》《下田：写给城市的稻米书》《造物之美》，以及小说集《我有一座城》等。获三毛散文奖、浙江省优秀文学作品奖、中国百本自然好书奖等。主编"雅活书系"、"我们的日常之美"书系、"稻田氧气书系"等，推出众多畅销市场的图书。

永宁江畔的漫步

周华诚

吃过晚饭，一群人穿过永宁公园，慢慢走回下榻的酒店。此时天色已晚，西面天空仍有一抹暗淡的蓝色。永宁江两岸的城市灯火璀璨，在公园中漫步的人也极多，显出一片祥和宁静。对岸的文化地标朵云书院黄岩店仍散发着光亮，现代主义风格的建筑白墙倒映在江面上，书店的黄色灯光格外亲切温煦——有什么比一座书店的灯光更让人觉得神往的呢？

每当夜幕降临，跟家人一起在永宁江边漫步，一边出汗，一边享受那份宁静和谐，已是许多黄岩人的习惯。江岸线呈现出一种自然随意的状态，生长着各种植物，低矮的芦苇与高大的乔木掩映，漫步的人时而隐入绿色丛林，时而又出现在游步道上。这座充满自然野趣的公园，正是当地生态建设的一大创举，当地

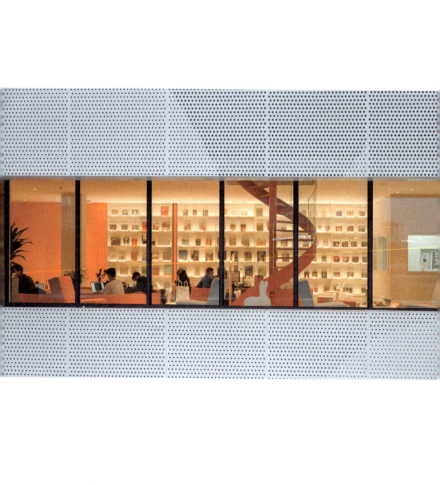

将城市与自然环境完美融合，造就了宜居城市的典范。

当地朋友介绍，永宁公园的背后，有个有趣的故事。2004年，公园正式对外开放，但在此前的很长一段时间里，这里曾是污水横流的垃圾场。经过建设者的不懈努力，这片区域得以焕然一新，经过城市设计师们的精心设计与建设，这里才有了今天的模样。

说起永宁公园的建设，不得不提到一位重要的人物——俞孔坚。他曾任北京大学建筑与景观设计学院院长，对生态建筑和景观设计有着深入的研究。俞孔坚强调"与自然为友"的理念，他认为，应该优先考虑让自然的水与绿地的空间融入城市的建设当中。

永宁江发源于黄岩西部的括苍山，自西向东，全长约八十公里，被黄岩人视为母亲河。我曾多次走过永宁公园，每一次漫步，我都会赞叹公园设计上的匠心独具。永宁公园的自然幽趣与远处的摩天大楼相呼应。要知道，在金贵的城市中心地带，留下如此大片的河流与绿地有多么奢侈。

设计之初，俞孔坚"与洪水为友"的理念，也曾受到质疑。他建议："把可能被洪水淹掉的地方做成公园、绿地和湿地，甚至可以做成稻田、荷塘。河漫滩部分设计了浅滩和深滩，鱼和青蛙可以在这里产卵,牛可以下去喝水,人可以在这里行走。"当时,各地惯常的做法是把河堤浇筑成光滑坚固的混凝土,这样能更好地防洪。"三面光"的河堤坚硬,却破坏了生态之美,对于自然来说,是一种不由分说的粗暴干预。俞孔坚认为,对待自然的水体、自然的河道、自然的湿地系统,我们应该只做最少的干预,尽可能让其回归自然状态,还江河自然之美。

永宁公园的设计理念"与洪水为友",意味着当洪水来临时,人们不是选择强硬对抗的策略,而是尝试与之共舞,达到与大自然的和谐共生。公园的步道、湿地、绿地,都是按照这一理念设计的。这种设计不仅美观,还起到了蓄水和防洪的作用。

公园开放之后,有一年夏天,台风带来了一场洪水。永宁公园经历考验,证明了当初设计理念的正确性。在那次台风中,台州市的其他地方都遭受了洪涝灾害,永宁公园却安然无恙。今天的永宁公园,已经成为市民休闲散步的好去处。它不仅提供了优美的环境,还成为生态建设的成功范例,成了"绿色网红"。

夜空之下,微风习习,依稀能看到许多市民在河边垂钓。夏天的夜晚,钓鱼是最好的消暑方式之一。清澈的江水和青翠的亲水植物带来丝丝凉意,夜钓为城市夏夜平添几分浪漫风情。同行的当地朋友说,昔日这江中还是黑臭的脏水,而今江水如此清澈,让城市居民感受到人水和谐、绿色发展的魅力,永宁公园也成为人与自然和谐共生的最美诠释。永宁公园还获得"中国人居环境范例奖",在行业内享有盛誉。

在永宁江边漫步,不由让我想起了日本京都的鸭川。

鸭川是京都的一条河流,河水十分清澈,缓缓穿过古都京都市区。很多年前我与友人一道去京都,就在鸭川之畔闲坐聊天。友人说,每年夏天,许多京都人都会在鸭川的河滩上搭设纳凉床,这几乎已是京都夏日的一道风景。鸭川两岸,四时有不同的花开,有许多古老的寺庙和神社,同样也有许多特色餐厅,吸引着世界各地的游人前来游览。鸭川一直被看作京都的一部分,它的河道设计,更多地考虑到市区的整体规划和市民的日常生活,呈现出生态和谐的一面。清澈的流水、清新的空气、两岸的风情,于河中起落的水鸟和在水边休闲的人们,就这样给无数游客留下深刻印象。

而今我漫步在永宁江畔,深觉眼前的景象丝毫不比鸭川逊色。永宁江畔还有一条绿道,东至三江口,西至长潭水库,全长八十六公里。它与城区的官河古道、永宁公园、江北公园、中国柑橘博览园等景点无缝对接,风景绝美,随手拍张照片都可作为壁纸。我们同行的一位朋友,是马拉松爱好者,曾去世界许多城市跑全程马拉松或半程马拉松，她一听说永宁江畔的绿道，便按捺不住兴奋劲儿，说一定要挑个好日子，来把这条绿道全程跑下来。

夜渐深沉，我们一行人走到西江闸附近。同行的浙江省文物考古研究所的考古学者郑老师说："你们知道这道闸吗？它位于西江和永宁江汇合处，建成于 1933 年。此闸南迎西江水，北挡永宁江水，主要起到泄洪排涝的作用。它的设计和主持修建者，是中国著名的水利专家胡步川先生。西江闸的建设，不仅是一项技术挑战，更是一个组织和管理的大项目。在当时的技术条件和经济环境下，胡步川先生成功地完成这样的大型工程，是一项了不起的成就。这道西江闸，作为重要水利设施留存至今，成了重要的历史文物。"

想当年，为解决洪水问题而建西江闸，主要是出于人类生存和发展的需要。而今，人们更加重视与自然的和谐共生。静静流淌的永宁江、静谧美好的永宁公园，让我们在注重技术应用的同时，更多考虑其对生态的影响，确保技术与生态的和谐发展。从用好水资源到今天的生态修复和保护，反映了人们看到了人与自然之间关系的变化。与其试图改变自然，不如与自然和谐共生，这正是生态文明的核心理念。

感谢这一次饭后的漫步，让我加深了对一座公园的认识，也重新认识了一座城市的生态文明理念。这简直是一次短暂的小旅行，收获的不仅有风光之美，更有生态之美。日本京都的鸭川也好，中国黄岩的永宁江也好，都体现了人与自然的和谐共生。每一座城市都有一条自己的河流，这河流穿越千年，述说着古老又现代的故事。

黄岩四帖

周华诚

白鹭湾

乡村的日常生活，有时候是在喧闹的酒席上，有时候是在丰收的田野上，有时候是在人来人往的桥头代销店和乡间市集里。而在黄岩的白鹭湾，我觉得这个村庄日常生活的很大一部分是在墙上。这是某个夏日下午，当我进入白鹭湾村时，便看到民房墙壁上的巨幅绘画——墙上绘着熟悉的鲁迅画像，以及各种村庄的景象，画面都是黑白二色的，线条如刀刻一般，这是版画——与我们平常见到的村庄不同，白鹭湾这个村庄，是版画上的村庄。

我到白鹭湾来，是来参加一场读书活动。朵云书院黄岩店跟稻田读书联合发起"驻地作家创作计划"，第一季活动邀请了十来位作家来到黄岩这片土地,作家们写下了许多美好的文章。这些文章结集为一本名为《江上云起》的新书出版,在此举行分享活动。

活动现场是在白鹭湾村的文化礼堂。外边炎热,相比之下,文化礼堂这个宽敞的空间内部却有着难得的清凉。陆春祥、周吉敏、草白等作家,还有黄岩的本地作家们,大家一起在这个大礼堂里坐下来。乡间的公共文化场所,有一种源远流长的意味,这场景亲切又陌生。我还留意到礼堂的四面,有一桶冰块释放着凉意,与空气中的热量进行交换。宁溪小学的十几位孩子,坐在小小的舞台上,他们面前早已摆好了乐器。

乐器响起,孩子们开始演奏《作铜锣》。这是一个非物质文化遗产项目,被誉为"江南民间交响乐",已经被人们演奏了七百多年。这个乐曲,结合了南宋宫廷音乐和宁溪民间曲调,旋律简单优美,曲风沉稳悠扬,尽显乡野之乐。铜锣丝竹的合奏,在文化礼堂里飘荡起来,大小铜锣、大鼓,叫锣、镲、板胡、二胡、琵琶、笛、箫等乐器,各自模拟了自然界的许多声音,似乎有鸟鸣、犬吠、牛哞,也似乎勾勒出了农人与牧童的身影。其中一个细节令我印象深刻,一个女孩手挥竹枝在指挥,仿佛在赶一头牛,而那只大鼓,不正好像是一头沉稳憨厚的大牛吗?

文化礼堂中还有一个版画的常设展览。因为白鹭湾村出了一位版画家顾奕兴。"顾奕兴,1932 年生。又名一声。浙江黄岩人。擅版画。曾就读于黄岩宁溪中学。1954 年毕业于华东师范大学,长期从事版画创作和美术教育工作。历任浙江省黄岩师范学校(现台州科技职业学院)美术教师、高级讲师……"这里也清楚记录着顾老师在版画艺术上取得的成就,包括曾获"中国五六十年代优秀版画家"称号,荣获鲁迅版画奖等。现在,他的作品被自己家乡的村庄隆重展出,在他的刻刀下,故乡的风物栩栩如生地呈现出来,村中的房屋、村口的古树、村外的橘林、下山的牛羊、晚归的农人,一幕一幕,散发着浓郁的乡土气息,凝结为版画作品,他刀刀刻下的都是他对故乡的情意。

顾先生的版画作品,在国内外艺术界都享有很高的声誉,他多次参加国内外的版画展览,并获得了许多奖项,其作品也被广泛收藏。但我想,顾先生最高兴的事,应该是在自己家乡的村庄里展出了自己的作品吧。如今,他的版画作品,让白鹭湾村成了审美的对象,成为一个艺术的村庄。二百多幅顾奕兴、赵延年、张怀江等人的版画作品被捐给白鹭湾村,并拓印上墙,覆盖的村内房屋墙面达两千多平方米。穿行于村中,便如同穿行于一座版画艺术的博物馆。怪不得,这里会吸引越来越多的人来感受它的艺术氛围。

在文化礼堂里，我说："我想起释迦牟尼的一句话，'我所知法，如树上叶；我所说法，如掌上叶'，我走进黄岩的时候，美好的感受像树叶一样多，但我写出来，就只有一两片了。我与朵云书院结缘，后来一次次走进黄岩，一定是有一种机缘的。很多作家与黄岩的缘分，也是从一次寻访、一次写作建立起来的。"同样的，当我想到白鹭湾的时候，便会想起这个下午，这个与版画、器乐、读书相关的白鹭湾的下午。

白鹭湾村还有口感极好的酒酿馒头。白鹭湾村特色馒头店的老板林先生说，这段时间每天都能卖出近千个馒头。馒头难道也跟艺术有关？的确如此，很多来白鹭湾看版画的游客，都特别喜欢买几个馒头，一边吃馒头，一边穿行于村庄。

我现在想起白鹭湾，只觉得它是版画一样的村庄。那里的云朵也层次分明、边缘清晰，如同刻刀刻在天空上一般。

过酒家

黄昏时候，若是宋人，此时应该在街上找个客栈歇脚了，他也许会顺便摸出一些铜钱，在客栈里喝几碗酒，解一解乏。

这样想着，便觉得应当去找一找酒家。

这条街叫宋街，也叫簋街，因为街很直，当地人也喜欢叫它直街。这条街有些年头了。当地朋友说在后唐的景福年间，大理寺少卿王从德为避乱，从杭州迁居宁溪，经过几代人的繁衍，这街便"枝繁叶茂"起来。

我们在宋街上逛了逛，不知道哪里飘出了饭菜香，这才醒悟过来时间已近黄昏。宁溪镇的宣传委员袋袋说，正好，宁溪糟烧很有名，一起去转转。

我想起来了，2022 年我到黄岩，当地朋友便准备了一坛好酒，说是黄岩本地的土烧酒，相当于当地人的"茅台"。那日高朋满座，我情绪高昂，不觉多饮了几杯。次日在酒店床上醒来，只觉神清气爽，一点儿也没有醋醉过后的迷离。我心想，这地方的土酒还有点意思。

宁溪糟烧历史悠久，说来也跟大理寺少卿王从德有关，世代传承下来，酒意绵延至今。不过，我估计那时还没有高度白酒的蒸馏技艺，黄酒呢，应该是有的。酿酒的技艺代代相传，后来人们发现，做黄酒榨干的酒糟，经过再次发酵，还可以通过独特的蒸馏技艺制出白酒，这就是糟烧。

一方水土养一方人。宁溪这里山好，水也好，所以才有好

酒。我们喝的金山陵糟烧,所用之水取自地下四十九米的四方井,名为"初心泉"。这口井于 20 世纪 60 年代掘成,经检测水质极好,富含有益的矿物质。这口井现在仍被保护得好好的,井水仍甘洌清甜。宁溪糟烧用的粮食原料,乃是上好的糯米。这是它独特的地方。很多地方酿造烧酒,用的是高粱、玉米、番薯、荞麦、稻谷等,较少有用糯米的。日本的清酒,是用大米酿造的,且还有"磨米"这个环节,将大部分的米去掉,只留下米芯部分用来酿酒。宁溪用糯米酿酒,不磨米,这是出于惜物的观念;先酿出一道黄酒,再蒸出一道白酒,这更是对粮食的尊重。每一粒粮食都来之不易,每一粒粮食都应该被温柔对待。

"柯善钦二十三岁到宁溪酿造厂学酿酒的时候,这家厂也刚成立,厂长租了两间半祠堂,里面的酒缸、酒坛,都是从老百姓家借的,一些做酒的设备,也是贷款买的。"我们走进金山陵酒厂,眼前的一切似乎都有岁月的包浆,也残留着时代的痕迹。一缸一缸酒码在洞体之中,如同老僧入定,这是时间的修炼。一个地方的酒,也跟一个地方的人一样,会凝结出共同的情感记忆。

糟烧的糟,是酒糟的糟。宁溪的糟烧,会有一股独特的酒香。白酒有不同的香型,贵州茅台的酱香、四川五粮液和泸州老窖的浓香、山西汾酒的清香、广西桂林三花酒的米香、陕西宝鸡西凤酒的凤香，林林总总有十几种香型，不同香型各有特色。而宁溪的糟烧自有一种特别的香型，可谓之"糟香"，这种香型——写到这里的时候，我去倒了一杯酒来喝，以便更好地表述——据当地朋友说比较小众，长期局限于台州一地。而那几次，我与甫跃辉、周吉敏、徐海蛟他们都是外地人，居然也都甚是喜欢这"糟香"，喝得直呼过瘾，喝到酣畅淋漓。

酒嘛，水嘛，喝嘛。

酒真是美好之物，在地大物博的中国，哪个角落都有酒，哪个角落的人们都缺不了酒。这美妙的液体，自从在深秋的果实里自然发酵被人们发现之后，微醺就成了人们欲罢不能的体验。在宁溪的宋街，如果我们一道返回去，推开一扇门，说不定就可以在略显清寒的客栈里，碰到白居易、陆游或本地文人左纬、戴复古吧？碰到了，那就没有二话，坐下来一起喝酒吧。

黄酒先上一壶，如果不过瘾，就再来二两糟烧，这日子怎么会寂寞呢？如果晚唐、南宋还没有糟烧，我就会慷慨地将蒸馏技艺相授。如此一来，宁溪的酒香，将会在天地之间，在时光深处，飘荡得更加醇厚一些。

陌生的旅人啊，此刻，不管你自哪里来，中原还是南方，八百年前还是五百年后，都不要紧，请坐。酒且满上，让我们共饮一杯吧。你要学会脱下负累,要懂得适时把自己放进流觞的曲水里,要懂得举杯邀明月,更要学会在人生的客栈里短暂微醺。如此一来,你才会卸下所有的辛劳,忘记窗外的风雨,漠视一切未知的不确定,心静如水,酣然入睡。然后,在明日清晨醒来,又有一身力气、一腔热情,收拾行囊,重新上路,奔赴你的大好前程。

"此日长昏饮,非关养性灵。眼看人尽醉,何忍独为醒。"这是那个叫王绩的人写的诗,题为《过酒家》,就写在宁溪客栈的墙上。这个家伙喝了酒,一口气写了五首,不过,我更喜欢他的另一首:"对酒但知饮,逢人莫强牵。倚炉便得睡,横瓮足堪眠。"

倚炉便得睡,横瓮足堪眠。瞧瞧,宁溪的糟烧有多好!来,与君歌一曲,请君为我倾耳听。

沙埠窑

车子在工业园区众多厂房之间绕来绕去,循着导航来到一处山岭之下,峰回路转,芦苇蔽路,似已无路可寻。终于碰到两个小伙子,光膀子坐在树下闲谈,我们便上前打听沙埠窑遗址在何处。一个小伙子说:"你们也是被导航带到这里来的吧?那个遗址,不在这里啦,在别的地方。"他又挥挥手说:"原路倒出去,

到外面再找找看。"

至于在别的什么地方,他也说不清楚。

于是我们倒车出去。寻路,本来也是有意思的经历。我们又在厂房之间绕了一会儿,路过西照寺的路牌,便也想去找一找西照寺,遂驻车寻觅,不料,不仅未见沙埠窑遗址,连西照寺也未见一点踪影。

这个过程很有意思,这沙埠窑,也平添了一分神秘。

后来我便给沙埠镇的宣传委员金友莎打电话问路,对方给了我沙埠窑遗址群内最具代表性的窑址之一——竹家岭窑址的位置定位,于是我们重新导航,顺风顺水地找到了。这个古老的遗址,我听说它是晚唐至北宋年间的,反映了当时浙江制瓷业的高超水平。这两则信息,让我大为好奇。1956 年,沙埠青瓷窑址群被发现,打破了考古学界"台州无瓷"的传统认识。同时,考古学界也认为,沙埠窑遗址的发现,改写了浙江陶瓷史。一部陶瓷史,半部在浙江。我们都知道越窑、龙泉窑的赫赫大名,知道它们是中国瓷业发展史上的两座高峰。而沙埠窑又是如何来的呢?

或许是中午天气太热的缘故,竹家岭窑址内寂寂无人,只有夏蝉发出无力的嘶鸣。到了窑址内的龙窑附近,我们发现有位守门人在躺椅上午休。我礼貌地向他询问是否可以参观,他连说"可以"。顺山势延伸而上的龙窑,显示出雄壮的声势,令人联想到一千多年前的窑工们在此热火朝天地堆叠瓷器、添柴烧窑的场景。

在山坡上,我发现窑址周围散落着大量烧制瓷器留下的匣钵残片。我站在窑址的高处,俯瞰沙埠窑遗址的辽阔景象,想象泥土如何在烈焰的热吻下发生不可控的质变。青瓷的釉色,在窑中闪光。当匣钵碎裂,青瓷从窑中取出,一件件瓷器都是窑工的作品,烈火中已然镶嵌上他们的指纹。我在山坡上仔细观察那些堆叠成山的匣钵碎片,粗糙的质地显示出它们不过是辅助烧瓷的工具,但即便如此,这些碎片也向我们传递着历史的信息。在阳光的映照下,那么多碎片闪烁着古老的光芒,仿佛在讲述遥远时代的故事。我蹲下身子,轻轻触摸脚下的一块残片,似乎可以感受到历史的温度在指尖流淌。

在黄岩,听知名考古人郑嘉励老师聊到沙埠窑。他说,沙埠窑是越窑和龙泉窑技术衔接和过渡的重要地带,填补了青瓷发展史上空缺的一环。一直以来,人们认为龙泉窑直接传承自越窑。但考古发现,在越窑和龙泉窑之间或有一个"中转站",承担这个承上启下作用的,正是沙埠窑。

越窑的生产年代，为东汉中晚期至南宋早期，窑址主要集中在浙江慈溪、余姚、上虞等地。北宋中期，越窑开始走向衰落。而龙泉窑的生产，肇始于北宋，后规模逐渐扩大，至南宋窑业极盛，明中期后渐衰，清康熙后大多停烧。

经考古发掘，沙埠窑遗址群有竹家岭窑址、凤凰山窑址、下山头窑址等七处窑址，总面积约达七万平方米，遗物堆积丰富。而我此刻所在的竹家岭窑址，尚在考古之中，同时也已向好奇的公众开放，听说夏天的夜晚，还有"考古之夜"活动，很多市民趁着夜色一起来到窑址感受宋韵的脉搏。

近几年，我因写作南宋主题的书稿《德寿宫八百年》，对南宋的瓷器有所了解，曾在考古专家带领下，触摸过许多南宋时期官窑、民窑的瓷器，对那一抹淡雅静谧的青色心醉神驰。然而，即便如此，当我站在沙埠窑遗址上，我所能触摸到的历史信息也是极为有限的。这也令我想到，许多文化遗址，都需要当下的讲述与传播，许多地方，都有厚重的文化积淀，但如何讲好自己的故事，却仍有许多值得探索的地方。

天气炎热，我站在龙窑之侧，上上下下走了两趟，一会儿，汗水已湿透衣裳。这样的窑址，我可以想象其规模之大，当年烧窑之兴盛。窑工们在此忙碌，或许也是光着膀子，汗珠颗颗坠落泥间。我想象着当年的窑工们,他们或是技艺精湛的匠人,或是朴实的乡民,曾用心地制作那些瓷器。这片山坡,这座窑址,是他们智慧的结晶,也是今天的人们对一千年前的古代生活展开想象的凭据。

而此刻,要如何才能更好地触摸那段历史?

在这片土地上,一千年前的窑工们抛洒汗水,烧制瓷器,创造着那个时代的器物之美。而他们的后人,今日仍在这片土地上努力,创造着生活之美、生命之美。我突发奇想地闭上了双眼。此刻,在这一片古老的山坡上,在一片丛林之间,虫鸣一定也与一千年前的一样,我仿佛听到了风声正穿过一千年的时光,发出轻轻的吟唱。

这是一次奇妙的体验——在一个夏日午后,在沙埠窑遗址,我居然聆听到了古老瓷片的吟唱。阳光热烈,风过丛林,这一瞬,我不知道是自己穿越了时空,还是瓷片向我传递了古老的信息。这是一个秘密,我要慷慨地分享出来:如果你去到沙埠窑遗址,不妨闭上眼睛,听一听瓷器在风中的吟唱。

沙埠糕

有时候我会觉得,散文的玄妙之处,在于它的不可说。

　　参加一个改稿会，几位年轻作者的散文稿子放在面前，主办方要求我做个评点。评点他人文章，历来是困难事。一来，年轻作者蹒跚起步，缺的是鼓励；二来，文章这种东西，衡量标准不同，价值认定也就不同，好坏并无定论。譬如有的文章偏重工具性，有的文章偏重审美性，根本无法放在一个盘子里比出个高下。有的文章，本是为了某个使用场景而写，符合标准才是第一位的。当年香港纸媒辉煌时，诸多"大佬"在报纸上写五六百字的专栏文章，一时名动天下。这类文章，往往结合时事热点，一挥而就，当时读来颇多快意，而时过境迁之后，并无多大留存价值。我们当然不能说这类文章一无可取，只是有其特定的用处罢了。想到自己也曾蹒跚独行，希望得到前辈指点和鼓励，而说到底，我其实是希望得到"一直写下去"的力量。至于写得好坏，实在是要读得够多、写得够多，才能悟出来。悟，是写作里的重要法门。我反省自己，写到今日，算是写得好的吗？这一自问，便会让我出一身冷汗。此时，倘若借禅宗大师的话来表达，只有三个字，"吃茶去"。

　　就好像，在沙埠遇到沙埠糕。

　　友人说，到了黄岩的沙埠，一定要尝尝沙埠糕。起先我只觉得，沙埠糕许是一种点心，类似于豌豆糕、梅花糕之类。一路驱车寻踪访古，看了沙埠窑遗址群之后，去沙埠古街闲逛，想到友人说的沙埠糕，便欲一探究竟。

原来沙埠糕是一种年糕——手捣的年糕。年糕绝大部分人都吃过，沙埠的手捣年糕能有什么不同呢？正是午饭时分，古街小店里人满为患，看得出来，这是一个网红店。我遂买了一份手捣糕品尝，自是十分洁白柔糯。正因其选用上好的大米，蒸熟之后以人力在石臼中反复捶捣，才有如此柔软细糯的口感。又见邻桌食客面前摆的是饺子造型的食物——此是将手捣糕摊开，包裹一些菜肴配料做成的，外形类似于大饺子，只不过"饺子皮"是糯米年糕，当地人称这种食物为"嵌糕"。

吃沙埠糕时，我想到，写文章的人，就像那捣年糕的手艺人。大米到处都有，手捣糕也到处都有——要捣出不一样的年糕来，实在是难事。捣年糕的人那么多，年糕的形态，几千年来也不过就那么几种，长的、方的、圆的，偶尔出现包裹着菜肴的嵌糕、粘着红糖和芝麻的糍粑，就算是创新了。世上的事情大多如此。一定要说这家"正宗"，那家"祖传"，或者这里山好水好、捣糕人力气好，年糕特别香甜，也并无不可。毕竟，不论哪里的人，都要吃年糕，方圆数十里的人，都会有各自喜欢的年糕店。这里头有情感，有记忆，有乡愁，有陪伴。它已不只是一份食物，而是文化

的承载体。

做一份怎样的年糕，也许没有讨论的必要。因为没有人想要做"具有全球影响力的年糕"，只要做一份老老实实的年糕就好。写文章也一样。有的人写文章，写给方圆数十里的人看，那也是成就一捧糯米的价值。有的人写文章，立志要写给全世界的人看，那就类似做咖啡、做红酒、做牛排——总之，各有各的价值，各有各的人生理想。"大狗要叫，小狗也要叫。"这是契诃夫说的。换一句话来说，咖啡、红酒、牛排是要做的，年糕也是要捣的。无非，各人都是在有限的空间里，把年糕捣出一朵花来，或把咖啡煮出不一样的滋味来。

在沙埠老街，年糕店的对面，还有一家书店兼雪糕店——望川书房。这家店出的文创雪糕，把当地的特色风物制成雪糕的模型，一时也成为"网红产品"，每天都有年轻人在此排队。做个雪糕，也这么"卷"吗？这真是一个"卷"的时代，不"卷"出一点新鲜花样来，都不好意思抛头露面。这家望川书房的主理人之一，恰好是我的朋友，也是一位媒体人；关于这里的雪糕，她也说了很多故事，我听了以后，深感做事情的不易。世上的事情，没有一件是容易的，想要做出一点"不一样"来，更是不易中的不易。

沙埠这样的老街，世间多矣；年糕或者雪糕，世间也多矣。

想来,这也和写作一样,芸芸众生都有各自的修行,修到什么程度,其实跟别人无关。从这一点来说,写东西也简单——想写就去写。只是,写,还是不写,一个人的一天就不一样了;一天一天地做事,一个人的一生也就不一样了。至于结果,无非也是那三个字,"吃茶去"。

　　(本文"白鹭湾"一节,以《版画一样的村庄》为题发表于2023年8月30日《解放日报》;"过酒家"一节,以《谁说浙江没有好白酒?清香浓香酱香,浙江有"糟香"》为题发表于2023年8月16日上观新闻;"沙埠糕"一节,以《沙埠糕》为题发表于2023年9月15日《新民晚报》)

世上红尘隔板桥

周华诚

在鹫峰讲寺喝茶，与云龙老师、雪藏老师一起，听演德法师讲禅。

时间过去几个月了，法师当时讲了些什么，我已不太记得，但妙法堂窗外的翠绿山色，却一直映在我的心间。

鹫峰讲寺，是藏在黄岩城北郊的一座寺庙。云龙老师开车寻路前往，在两三个岔路口都走错了。

一片田野。一片村庄。一条小溪。

村道亦不宽敞，弯弯绕绕的样子，我们问了路边挥锄劳作的农民，农民抬手朝山边一指："一直往里头走就是。"

终于见到了鹫峰讲寺，那是隐藏在村民房子中间的不起眼建筑。

一座小寺，平平常常，也不见有什么宏伟的建筑。它与民房仅有一墙之隔：墙的这边是村民的三层小楼，墙的另一边就是方外的世界。

站在院子里，却有一股子静气。

"好地方。"我心想。

因为想起一句话："高僧只作平常语，好书读来但觉闲。"

鹫峰讲寺，在山水佳处。

寺后翠屏山，由诸山组成，横列连绵；水有六潭，跌宕不绝。而眼前的小寺，院子中间，有两棵银杏树。

据南宋《嘉定赤城志》，"鹫峰院在县北七里，晋永和中建"。北宋治平二年（1065）时，朝廷赐额"鹫峰寺"，可见当时的繁盛情形。朱熹曾说："黄岩秀气在江北，江北秀气在翠屏。"

翠屏山，一座文化名山。南宋右丞相杜范、明礼部尚书黄绾、晚清清献中学堂监督江青、民国时期黄岩县立中学校长吴文等人，都曾在此留下足迹和诗文。

出寺庙，沿田间小路上山。路边有橘园、田野，溪水潺潺。

沿小路往山中去，见一石碑，上刻"黄岩县文物保护单位：翠屏山、灵岩、朱岩摩崖石刻"，立碑时间为 1982 年 2 月。

上山石阶连绵，我拾级而上，不多久便见到了"少谷峰"。此三字,乃是黄绾所写。

想方才在鹫峰讲寺,透过妙法堂的木窗,见后山一面岩壁之上依稀留有"石龙"二字。石龙,是黄绾的号。

黄绾官至礼部尚书,因病辞官归里,早先家住黄岩城内黄道街,后迁居于翠屏山下新宅,创办"石龙书院",弘扬理学。

想来,已有五百多年了。

一路往山上去,见有许多摩崖石刻,掩在草木之中。石刻斑驳,有的已然辨认不清。上山路上,章老师向我讲述了黄绾的故事。

明正德六年(1511),黄绾结识闽南十才子之一、户部主事郑善夫(字继之,号少谷),两人结为好友。数年后,黄绾告病居家,郑善夫前来拜访。碰上大雪十余日,二人在翠屏山"昼伐松枝,夜烧榾柮……剧谈尧舜以来所传之道",或谈诗煎茶,抚琴而歌。

黄绾作诗《与郑继之紫霄夜坐》:

夙志事幽尚,岁晚依山隅。

同云翳丛木,积雪阻修途。

良朋自何来,吊我形影孤。

深树彻永夕,寒气生茅苏。

哀歌坐待旦,海曙林猿呼。

郑善夫离别之际,黄绾写下《赠少谷出山》:

> 行路待朝晞,雨雪坭途泞。
>
> 矫首望风鹤,飘飘远逻侦。
>
> 孤鸣入烟霄,遗音堕清听。
>
> 执手重踟蹰,青阳望还骋。

二人相约来年再会。

然而,郑善夫在赴任途中,受寒得病,不幸去世,时年三十九岁。黄绾得知噩耗,哀痛不已。他又写下《少谷亭怀郑子也》:

> 伊若人兮不可疏,今胡之兮亭翼如。岑高高兮云舒,望不来兮愁予! 伊若人兮闽海,今何逝兮隙驹不待,日落西山兮紫芝谁采? 伊若人兮怀之长,今不作兮斯人荒,悲独立兮我发霜。

翠屏山的石壁之上,还刻着这几首诗。

山上摩崖石刻有数十处,大部分都是黄绾所题。只是字迹漫漶,许多已无法辨认。然而,这样的故事实在令人赞叹。

　　留在石头上的字,历经数百年风雨,仍有可能磨灭消亡,而山高水长的情谊,世间稀有,也唯其如此,才被人们永久怀念。

　　现在的翠屏山,林木蓊郁,山色空蒙。更好的是,这里十分宁静,有如世外。

　　山上还有一处灵岩石洞,在悬崖峭壁之间,号称"小有空明",是南宋贤相杜范少时读书的地方。

　　那次在黄岩,正巧遇上话剧《南宋第一贤相》的首演。我在宁溪品完糟烧,马不停蹄赶至黄岩城区欣赏了演出。

　　"杜范,字成之,号立斋,黄岩人。1244 年任右丞相兼枢密使。因不屑与权奸共事,曾五次上表辞官。理宗深知其才,遣中使挽留,下令皇城诸门令其不得出城。太学诸生纷纷上书留范,严斥史嵩之误国。1244 年 12 月,理宗授杜范为右丞相。此时,蒙古军大举入侵,杜范调兵遣将,解合肥、寿春之困。杜范居相位八十天即逝,赠少傅。墓在黄岩宁溪牌门村。"

　　在灵岩洞前,可以看到黄岩城区之景。此时,洞口有砖瓦平房一间。据说数年前,尚有老僧于此独居,今老僧亦不知何往。

　　志书记载,洞的上方有朱熹手书"寒竹松风"的摩崖石刻,洞两旁的岩壁上有黄绾《小有吟》七十三字、《石室》三十字摩崖石刻。《石室》诗记杜范洞下读书事,现字迹剥蚀难辨,已不复见。

山下的杜家村，为杜氏家族聚居地。后来，因避元兵之乱，杜氏族人迁出外逃，村中几乎没有杜姓了，但杜家村的村名，一直沿用了下来。

我们在洞前停留。山风习习，周身舒爽。想着这一条山路，穿深林，过石壁，旧时的读书人布衣青灯，守在这山中，多么清静。他们偶尔下山，秋山簌簌，满径落叶，又是何等景象。若是冬日，雪落山中，天地一白，师生诸人守在山洞之中，围着篝火煮茶读书，或就某些具体问题展开辩论，其时山中寂寂，大雪压枝低，又是何等景象。

"怪岩摩足力，空谷答人声。"

这样的山道上，走过多少读书人？

朱熹讲学，也一定走过这条山道吧。南宋淳熙年间，朱熹到黄岩，游历委羽山，经好友推荐，接受杜烨、杜知仁邀请，在翠屏山讲学。樊川书院，便是南宋的杜烨、杜知仁所建。

在此，朱熹广收门人，其中黄岩著名学者有赵师渊、赵师夏、赵师雍、林鼒、杜烨、杜知仁、杜贯道、池从周等人。

从此，黄岩文风蔚然，科举登榜者众多，仅南宋一朝，黄岩籍进士就达一百八十二人，赢得东南"小邹鲁"之美誉。

下山，在鹫峰讲寺休憩、喝茶。

雪藏老师是黄岩航运管理部门的退休职工,热爱文史,热爱家乡,执着于乡土文化传播工作。她费心收集资料,写下许多文章,为当地留存了颇丰富的文献资料。她的《翠屏山古迹考》一文,为我们此行登翠屏山提供了许多参考。

鸳峰讲寺环境清幽,坐在妙法堂内,觉窗明几净,满目青山。想起刚才下山时,遇一瀑布自数十米高的悬崖垂挂而下,飞玉漱石,水声哗然。潭边有数位村妇在浣衣。这日常生活的场景与悠然世外的景象合而为一,使人恍惚以为,这里便是真正的桃花源。

此时,瀑布水声仍在耳边回响。

打坐,静静感受,又能听到水声之外,有风过竹林之声。

匾额上的"妙法堂"三字,系天台山允观大和尚所题。另有一幅古画《释迦牟尼佛说法图》,我凝视良久。凝视既久,则水声起,风过竹林之声亦起。

同行的云龙老师与雪藏老师相识甚早。诸位也在妙法堂里席地而坐,或翻读经书,或凝神静气,听水声、风声。

读书一事,恐怕千百年来如此——既清苦,又满足。

山上的灵岩洞,山下的石龙书院,山上的密林幽径、流泉飞瀑,山下的田野人家、炊烟红尘,不过都是外境,是物理空间。身外之境如此,而心内之境如何?

读书人,又当有怎样的心内之境呢?

同行的雪藏老师、云龙老师默然不语,时而翻书,时而抬头望向妙法堂窗外的无尽山色。云龙老师也是地域文化的书写者。若干年来,他踏访家乡的山山水水,角角落落,写出了数以百万计的文字,著有一书,《品读黄岩》,纳黄岩地域的万千气象于一炉。我拜读过他的大著。在《品读黄岩》一书的扉页,有一句欧里庇得斯的话:"出生在一座著名的城市里,这是一个人幸福的首要的条件。"

起先我还不解,等到与他一起爬山,又翻阅了他的许多文字后,方才明白,这是他在婉转地表达自己对故乡的爱。

黄岩这个地方,就是这样的山水佳处。黄岩的岩,是一块石头,永宁江里的一块石头,黄岩的地名就来自这块石头。然而,我却觉得,那应是一块"灵岩"。

江上云起,岩树花开。

朵云书院建在黄岩,也一定是有可以追根溯源的缘由的。这缘由,也许就来自于樊川书院、石龙书院、灵岩洞这些地方,来自这些地方的风声、水声和琅琅书声。

后来,我们去访委羽山。

黄岩人陶宗仪《南村辍耕录》记委羽山：

> 吾乡台之黄岩诸山……有委羽山……山旁广而中深，青树翠蔓，阴翳蓊郁，幽泉琮琤，若鸣佩环于修竹间，千变万态，不可状其略。

委羽山洞，为道教第二大洞天。道教命名该洞天为"大有空明之天"。洞前宫观，为"大有宫"。

这时候，我想起半日前去的灵岩洞，被称作"小有空明"，应是相对于城南委羽山洞之"大有空明"而言。

我与云龙老师一起到大有宫山门，永明子道长仙风道骨，出门相迎。他又向我等介绍宫内事物，如雷祖殿前的小方井，名曰"瑞井"。井边有老树。宫内还有一口井，名曰"丹井"。井水清冽，四时不枯，相传古时为真人炼丹所用。这两口井，至今仍有不少人来取水煎茶。

这个宫殿式建筑群，由几个四合院落相互连接而成，显得错落有致。我们穿行其间，一会儿就不辨东西了。印象里，建筑也好，陈设也好，都是有些灰暗的。可能跟天气或光线有关，也可能跟时间有关。此宫始建于南梁，历经风霜，自然是有些灰暗的，

或者说是暮色沉沉的。然而,这灰暗我却是从心底喜欢的,怎么说呢,其自有一种"侘寂"之美。这"侘寂"简单一点来说,就是旧色。

用旧了的东西,总让人觉得放心。

转过三清阁,山体中便有一洞,羽山古洞。洞口一人多高,最宽不过丈余,洞内冬暖夏凉。古时传说,有人拿着两箩筐蜡烛探洞,蜡烛烧完,依然未抵洞之尽头,只是听得摇橹声,水声哗然,这人没有办法,只好原路返回。

走了一圈,与云龙老师一起,和道长闲坐,喝茶,翻书。有一首《题委羽山》,传为谢灵运所作,诗曰:

山头方石静,洞口花自开。

鹤背人不见,满地空绿苔。

茶是旧的好。洞也是旧的好。绿苔,显然也是旧的好。

旁边还有一间书画室,章容明老师在其中画梅花。

我的作家朋友王祥夫小说写得好,梅花更是画得好。他说古人品花,梅为第一品。有一段时间,我见他天天都在画梅花。有时画一枝,有时画两枝。天天画,可见他独爱梅花,真梅花痴也。

王祥夫认为梅花应该小,瘦瘦小小,才见风致。他曾见有的画家画大幅红梅,千朵万朵拥挤在一起,像是着了火,其不得梅花之真趣也。他对梅花的看法,我自然赞同。我写过一篇文章,名为《陪花再坐一会儿》,祥夫则说他要"陪梅花再坐一会儿",且希望是一枝。

梅就那么静静地开着,他就那么静静地坐着。

我看见章容明老师画梅花,就想到了王祥夫的梅花,还想到了汪曾祺文章里也写过:"山家除夕无他事,插了梅花便过年。"

唐寅也喜欢画梅花,他说:"对酒不妨还弄墨,一枝清影写横斜。"

梅花,自然也是旧的好。

离开委羽山时,得赠一册《委羽山志》。

据说不久的将来,委羽山将建成一座道文化主题公园,重建"委羽十二景",再现委羽山昔日的仙灵之姿。这是一件好事。

然而我心里想的是,还是要尽量地维持一点它的旧色才好。

出山门,驱车离开。想到唐寅题画诗中有一句:"白云古寺自前朝,世上红尘隔板桥。"

最喜这句"世上红尘隔板桥"。

茶也是桥,书也是桥。

（本文发表于 2023 年第 11 期《散文》和 2024 年第 1 期《小品文选刊》）

【作者名片】

郑嘉励：作家，浙江省文物考古研究所研究员，从事田野考古、文物保护的工作与研究，主要专著或编著有《读墓：南宋的墓葬与礼俗》《浙江宋墓》《武义南宋徐谓礼文书》等，业余从事杂文写作，结集有《考古者说》《考古的另一面》《考古四记：田野中的历史人生》等，既为个人的抒情遣怀，也为文物考古工作者与大众之间情感、趣味与思想之联结。

黄岩南宋赵伯沄墓和南渡皇族

郑嘉励

一

按:2016 年 5 月 3 日至 6 日,南宋赵伯沄墓的发现与发掘,是黄岩文化史上的一件大事,本人作为考古发掘队领队曾亲历此事,深感与有荣焉。我曾经写过一篇《黄岩南宋赵伯沄墓发掘记》,详细记录考古工作的来龙去脉和具体过程。现将原文照录于此。

2016 年 5 月 3 日,在台州黄岩区屿头乡前礁村土名"大坟山"的地方,当地老百姓在宅基地建设过程中发现古墓,并报告给黄岩博物馆。是日下午,黄岩博物馆及时将这一消息上报浙江省文物局。

5月4日早上,受浙江省文物局委托,浙江省文物考古研究所领导委派我前往现场指导墓葬清理工作。

我赶到现场时,已是下午3点半。暴露在眼前的是一座砖椁石板顶的夫妻合葬双穴墓,右穴已经残破不全,据出土的墓志,墓主人系赵伯沄妻李氏,李氏卒于南宋庆元元年(1195),次年下葬于"黄岩县靖化乡何奥之原"。右穴早年遭盗,棺木已朽蚀大半,除墓志外,别无他物。

但是,左穴(男室)保存完好,朱红髹漆的棺木,宛如新造。据1993年重修《黄岩西桥赵氏宗谱》(以下简称《宗谱》)卷七,墓主人赵伯沄,系宋太祖七世孙,南宋初,其父赵子英始徙居台州黄岩县,遂为邑人。赵伯沄于绍兴二十五年(1155)生,嘉定九年(1216)卒,赠通议大夫,同年与李氏合葬。

《宗谱》所载与地下出土的墓志高度吻合,甚至连李氏的生、卒、葬的年月日都一字不差,想必对赵伯沄的记载也较为可靠。近代江南的部分族谱,尤其是出自名门大族的,多有所本,其潜在的史料价值,不可等闲视之。

赵伯沄,也是南宋黄岩县城西门外五洞桥的修建者,南宋《嘉定赤城志》卷三"桥梁"载:"孝友桥在(黄岩)县西一里,修六十丈,广三丈,跨大江别浦……庆元二年圮于水,县人赵伯沄纠合重建，筑为五洞，桥面亦五折，取道当中，坎两旁以窍水，翼栏其上，视旧功十倍焉，今但呼西桥。"五洞桥，至今犹存，今为浙江省文物保护单位。赵伯沄生前应该就定居在县治的西桥附近，其地距离葬地屿头乡前礁村约三十公里，当年有水路可达。20世纪50年代长潭水库（今为浙江省内仅次于新安江水库、珊溪水库的第三大水库）建成，高峡出平湖，墓地环境、风貌大改，然而，其地山清水秀，群山怀抱，犹能看出当年的好风景。

近年浙江发现保存完好的南宋棺木，共有三例：武义徐谓礼墓、余姚史嵩之墓、黄岩赵伯沄墓。前二者均遭盗掘，棺内已经被严重破坏，赵伯沄墓是唯一未盗的墓例。

赵伯沄棺木的完好保存，有赖于南宋人以防腐为追求的葬制。柏木材质的棺木，坚固厚重，板壁厚约十厘米。内棺之外，又套以外棺，置于砖椁（墓室）内。墓室体量不大。置入棺木后，棺木与墓壁之间，仅留少许的空隙。在空隙处，再填以松香、糯米汁、三合土，遂将棺木整体"浇灌"于密闭的墓室内。然后，覆以石板盖顶，从而确保棺木与外界环境的隔绝。这就是棺木历经八百年仍完好如初的秘密。

作为从事宋元考古的专业工作者，我凭直觉判断这可能是个百年不遇的奇迹。兹事体大，我当即向浙江省文物局文物处时任副处长许常丰汇报现场状况，提请浙江省文物局出面协调，加强墓地现场工作的安全保障，并邀请中国丝绸博物馆的专家尽快前来黄岩协助清理，因为棺内极有可能存在有机质文物。

当时的墓葬现场，有大量群众围观，把工作场地挤得水泄不通。出于文物安全的考虑，现场并无开棺清理的条件。我们决定连夜工作，尽早起吊棺木，运回城区。

因为稍早有人在微信上发布了相关信息，围观人群中，也有从温岭市大溪镇远道而来的赵氏后裔。我看到的《宗谱》，就是他们从温岭带来的。赵伯沄的后裔，后来有徙居温岭大溪的（温岭即原太平县，创建于明成化年间，宋代此地隶属黄岩县）。听赵氏后裔说，直到1947年，温岭的赵氏后裔还会到这边来上坟。这曾经是一座豪墓，墓前设有牌坊，此由"大坟"的土名可知。1949年后，墓地逐渐湮没无闻，牌坊于"文革"期间被拆除。如今，地表已无任何遗迹。前几年，赵氏后裔还前来寻找祖坟，结果无功而返。

根据以往的工作经验，鉴于江南多雨、地下水位较高的情况，即便墓室固若金汤，仍不免会有地下水透过棺木的木纹肌理渗入棺内。棺木表面上看完好，内部可能早已进水。有经验的考古工作者，必须做好各种预案，至少应该考虑到可能有个穿戴

整齐的古人正躺在棺内,而他身上的每件衣物都将是重要的文物。年深岁久,棺内的一切,已十分脆弱,如将尸体浸泡在水中运输,稍有颠簸晃荡,有机质文物就将顷刻瓦解,化为乌有。这是基于过去工作教训的经验之谈。早年安吉出土过西汉时期的木棺,因运输时有水,棺内衣物荡然无存。

当完成摄影、测绘工作后,我们开始拆除墓壁。此时天色已晚,山野之间,四周虫声唧唧,不远处辽阔的湖面已是一团漆黑,只有我们的工作现场,拉起电灯,亮如白昼。

当墓壁被拆去,棺木完全暴露时,已是夜里 10 点多,围观的人群多已散去。棺木表面完好,天衣无缝,人们根本不认为内部会进水。我坚持要求工作人员务必找来电钻,在棺底钻孔,以释放棺内可能存在的积水。

夜色已深,墓地又偏僻,凿开外棺并钻通内棺,实施起来多有不便。工作人员们只想早点结束工作,回家休息,于是纷纷推脱,表示棺内不会有水的,不必多此一举,叫我无须杞人忧天。也有人说,下午准备好的电钻,现在已经送回城里了,半夜三更,到哪里去找电钻?其实,电钻就放在附近车辆的后备厢里。

这种时候,谁还有心思跟人开玩笑?我严肃地说:"必须马上去找电钻,钻孔!放水!否则明天等中国丝绸博物馆的专家来,打开棺木,满满一汪水,里头搅成一锅汤,谁都负不了这个责任。"

工作人员们见我如此坚持,只好拿出电钻。然后,你看我,我看你,谁都不愿意动手,都说把棺木搬上车,早点回家吧。在现场指挥工作的黄岩区文化局时任副局长符艺楠,只好拿过电钻,亲自动手。观望的工作人员看领导亲自动手了,实在看不下去,纷纷上来帮忙,在棺头的底部及两侧壁上,各打了一个钻孔。棺内的经年积水,果然通过钻孔喷涌而出,先是短暂的污水,继而是汩汩不断的清水,经久不竭,不一会儿,地上就淌满了水。显然,棺内早已灌满积水,刚才互相推诿的人们见状,自知理亏,不再说话。

其实,我绝非先知先觉,只是更加小心谨慎而已,百年不遇的文物,容不得有半点闪失。

等了一个多小时,棺内的积水依然在流,看来一时半会儿也流不完。我们决定索性放一晚上的水,大家都回城休息,明天早上 7 点半准时开工,起吊棺木,运回城区。

第二日(5 月 5 日)凌晨,天上下起滂沱大雨。我们冒雨重回现场,三个穿孔再无出水。据彻夜值班的工作人员说,直到凌晨 4 点,棺内始不再出水,可见木棺的内部空间灌满了积水。贸然带水运输，后果不堪设想。

早上8点半左右，天气放晴，我们开始起吊棺木，搬上在一旁守候已久的卡车。其间又费了不少周折，按下不表。

棺木搬走后，我们继续拆除墓砖，试图寻找赵伯沄墓志，但终未寻见。墓室内不曾随葬墓志，也许是因为原先的地表竖立了有神道碑刻，所以地下不必重复设置。只能做如此推测了。

卡车起运之前，我依然放心不下，叮嘱司机和押车的朋友，务必平稳行驶，切忌颠簸，以免破坏棺内的文物。工地现场距离城区约三十公里，我对司机说："只管慢慢来，开三个小时、四个小时，都没有关系。"

中午12点半左右，棺木终于平安抵达黄岩博物馆新馆。我们遵照中国丝绸博物馆专家的要求，在博物馆西侧空地，觅得一块开阔而通气的地方搭起棚子，作为工作场所。开棺清理，必须在通气的开阔空间内进行，且须靠近水源。

下午四五点钟，许常丰副处长和浙江省文物考古研究所的科技考古专家郑云飞博士、摄影师李永加先生一行亦赶到现场。稍后，中国丝绸博物馆的专家团队也从杭州赶来。

晚上7点半左右，开始开启棺木。棺盖与棺身以卯榫扣合，然后整体髹漆，严丝合缝。开棺过程中，为了不破坏木棺的卯榫

结构,我们费尽了周折,晚上 11 点前后,始告成功。因为棺内可能存在的水银和毒气,我们决定先敞开棺木透气一晚,第二天早上 8 点半再正式作业。

回宾馆,洗漱毕,已是深夜 12 点多。昨日从杭州赶来黄岩,我以为这是个简单的任务,我只要向当地的工作人员交代一下就可以回家了,连换洗衣服也没带。初夏时节,天气闷热,鞋子和裤子沾满了泥巴,衬衣被汗水浸透,湿了又干,泛出了盐花,臭酸不可闻。

5 月 6 日早上,中国丝绸博物馆专家的清理工作正式开始。棺木内壁抹有石灰和松香以弥缝,棺底亦抹有松香,再铺以一层厚约五厘米的木炭。墓主人入殓后,凡有空隙之处,均以衣物填塞,将棺木塞得满满当当。

清理工作有条不紊地展开,专家逐层揭取,每揭取一层,均拍照记录。墓主人静躺棺中,穿戴整齐,骨骼完整,须发犹存。清理工作必须赶在一天内完成,文物须被逐件放进临时购买来的冷柜中,以妥善保存。最后,我们将墓主人整体抬出来,置入冷柜。这一天的工作,对中国丝绸博物馆周旸老师、汪自强老师的团队来说,堪称艰苦卓绝。对于他们的敬业精神,亲历现场的人无不感动赞叹。

棺内出土了大量保存极好的衣物,也有少数随身的随葬品,如玉石挂件、铜镜、香盒等物。其中一件玉璧,刻有"大唐皇帝昇谨于东都内庭修金箓道场,设醮谢土,上仰玄泽,修斋事毕,谨以金龙玉璧投诣西山洞府。升元四年(940)十月日告闻"字样,知为南唐开国皇帝烈祖李昇的投龙玉璧,传世近三百年后,其作为古物玩好,为墓主人赵伯沄收藏并随葬,尤为难得。

更重要的是,如此系统的南宋男性(文官)服饰成套出土,在浙江省内尚属首例,在全国范围内恐怕也少有先例。大量文物尚待清理,全面的研究和价值评估,则俟之异日。可以肯定的是,对即将开馆的黄岩博物馆新馆而言,这将是一笔巨大的财富。

此时此刻,我终于松了一口气,对黄岩的朋友说:"我的工作完成了。这几天压力大,昨晚都没睡好,老担心万一我们工作失误,致使文物受损,不知该如何交代。现在任务完成了,总算不负使命。"

二

《黄岩南宋赵伯沄墓发掘记》一文完成于 2016 年 5 月 7 日,

并于翌日定稿,记事截止于 5 月 6 日。事实上,与赵伯沄墓相关的文物清理和研究工作,此后仍在继续。

打开棺木的一刹那,犹如打开了一个南宋人的衣橱,八十余件文物在棺内层层叠放,以丝绸服饰为主,绢、罗、纱、縠、绫、绵绸等材质,衣、裤、袜、鞋、靴等品种,一应俱全。上衣的形制最为多样,有圆领衫、对襟衫、交领衫等;下裳(裤)则有合裆裤、开裆裤、胫衣等。

赵伯沄身上穿着的八重上衣、八重裤子,脚着的袜子、鞋子各一双,以及手上所持的一方手帕,因为黄岩博物馆不具备工作条件,所以被转移到杭州的中国丝绸博物馆里进行清理。

两个月后,7 月 4 日,清理工作在中国丝绸博物馆的实验室里进行,前后延续了八个多小时,赵伯沄身上的每一件衣物都得到了妥善的处理和记录。经过科学发掘的古墓葬,哪怕在十年、一百年后,每一件文物都能还原它在墓葬、棺木以及墓主人身上的准确位置,如果有任何一件文物失去了三维位置,那么,这个古墓葬的考古发掘一定是不合格的。

赵伯沄最外层的上衣,是一件圆领素罗大袖衫,衣长一百一十五厘米,通袖长二百三十厘米,袖宽九十五厘米,这种宽衣博带的款式在宋代被称为"公服"。其余多为衫服、窄服,是赵伯沄日常穿着的燕居服，也叫"私服"。众多的服饰和高档的丝织品，充塞整个墓室，赵伯沄生前的富裕程度，可见一斑。

南宋墓葬多以日用品随葬，以体现墓主人生前的生活方式、趣味和价值追求。赵伯沄墓以衣物将棺木充塞紧实，正如《朱子家礼·丧礼》"大敛"所称"共举尸，纳于棺中……又搵其空缺处，卷衣塞之，务令充实，不可摇动"。另以随身玉璧、水晶璧挂件、带柄铜镜和香料随葬，尤其是南唐投龙玉璧搭配卷草纹玉管，被编织精致的丝带串起来，作为赵伯沄生前的雅玩随葬地下，亦可见像赵伯沄这样的皇室宗亲、文人士大夫高雅简素、精致低调的生活品位。

2012 年，武义南宋徐谓礼墓出土的《徐谓礼文书》，在被盗掘出土七年以后为公安局缴获并入藏武义博物馆，《徐谓礼文书》因其完整性和珍贵性曾引起轰动，为了更好地展示文书，武义特地建起了博物馆新馆。有人说，如果徐谓礼墓不曾被盗，就不会有文书出土，若无文书，就不会有博物馆新馆，若无博物馆新馆，武义的历史文化就不会有这么大的影响力。言下之意，在主观上，盗墓是犯罪行为，但在客观上，于武义文化是有功劳的。

这种说法，似是而非，极其荒谬！徐谓礼墓在被盗之前，情形与赵伯沄墓类似，也随葬大量衣物和丝织品，因为盗墓者对此不感兴趣或在技术上处理不了有机质文物,所以这些文物就全部被糟蹋了。墓葬中出土的金银器、瓷器之类,后来被转售他处,至今下落不明。劫余的文书,既失去了出土信息,又无法体现它与其他文物的共存状况,学术价值因此大打折扣。如果徐谓礼墓是被科学发掘的,我们收获的就不只是文书,而是一座信息量更大的,足以全面展示南宋中下层官员日常生活的小型博物馆。

不妨设想,假如赵伯沄墓是被盗掘的,那么,八十多件文物势必得不到妥善保护,会在转瞬之间化为乌有。只有一件玉璧、一件水晶璧和一面铜镜,可能会在若干年后流入古董市场,然而,它们全都失去了出土信息,年代不明,共存关系不明,我们甚至不知道它们曾经的主人,这样的文物能有什么文化意义、学术价值?所幸专业考古工作者及时跟进,对之进行科学发掘,赵伯沄墓的历史信息才得到最大程度的保留,众多南宋衣物成为黄岩博物馆的镇馆之宝。2016 年 9 月,在 G20 杭州峰会期间,赵伯沄的一件"交领莲花纹亮地纱袍"作为中国"丝路霓裳"的代表服饰,在中国丝绸博物馆展出,一时举世惊艳。

武义徐谓礼墓和黄岩赵伯沄墓,是一反一正的典型,前者揭示了盗墓分子对国家文物犯下的罪行,后者彰显了考古工作者

在历史文化遗产保护事业中的贡献。

说起来,赵伯沄只是第二代南渡移民。北宋时期,皇族宗室大都聚集在汴京(今河南开封)城内,后来随着宗室人口急剧膨胀,供养皇族成为中央财政的沉重负担。宋神宗和王安石尝试改革,允许五服之外的远房皇族参加科举,走出宫院,做官任责,自谋生路。京城内的王宫大院,早已容不下更多的新增人口,到宋徽宗时期,皇帝就让那些关系疏远的亲戚们搬离开封,迁到南京应天府(今河南商丘)和西京河南府(今河南洛阳),盖房置田,分粮给俸,也就是所谓的南外宗正司与西外宗正司。

北宋灭亡,宋室南渡后,聚居在三京(汴京、南京、西京)的赵宋皇族从此星散,大规模地流徙东南,在颠沛流离中,在家国存亡的危机中,那些昔日的天潢贵胄逐渐独立,并融入南方社会。

从台州各地出土的皇族墓志可知,南渡之初,宋太祖、宋太宗和赵廷美三大支派的宗室子孙均有寓居台州者。如《诸蕃志》的作者赵汝适是太宗赵光义八世孙,其祖父赵不柔在绍兴初年始"避地天台",并定居临海;临海的赵彦熙,是赵廷美七世孙,也从其祖父赵诱之开始,徙居台州。赵伯沄,为太祖赵匡胤七世孙,系出燕王德昭一房,历赵惟吉、守度、世括、令升,传至其父赵子英。绍兴五年(1135),赵子英任黄岩县丞,举家定居黄岩县城,他是黄岩西桥赵氏的始迁祖。赵子英是北宋宣和二年(1120)的宗室进士,除担任过黄岩县丞外,还辗转担任诸州通判、知州。孝宗乾道初年出任知西外宗正事,负责管理福州的宗室事务。赵子英卒于淳熙元年(1174)六月,享年七十五岁,赠金紫光禄大夫,妻沈氏,封永宁郡夫人。

据《黄岩西桥赵氏宗谱》记载,赵子英夫妻合葬于黄岩县灵山乡五十五都圣水寺后山,乃用"车路田三百亩换坟山三垅"。这片坟山包括了圣水寺后直通山顶的整座山地,赵家还在黄岩县灵山乡五十三都捐田九十三亩作为供养寺院的香灯田,在二十一都则有田六十亩作春秋祭祀田,用于赵子英及其子孙坟墓的祭祀和管理。在淳熙元年前后,赵家的坟山田产、捐助寺院的香灯田和家族祭田三项,合计占田已超过四百五十亩。赵子英去世之时,距离他徙居黄岩不过三十九年,但他已在黄岩城乡购置了丰厚的田产,足以支持其家族在黄岩新家的日用生计、子孙的发展,甚至参与地方建设。

嘉定九年(1216),赵伯沄卒后,同年与李氏合葬于"黄岩县靖化乡何奥之原",并未与父母合葬,两代人的墓地相隔竟有数十里。这是因为南宋人营葬,与中原人"聚族而葬"的做法不同,崇尚各自寻找"风水宝地",所谓"多占风水",父子坟茔相隔数里乃至百里之遥,在江南是常见的现象。

据族谱记载,赵子英共有六子,赵伯沄是最小的一个。赵伯沄未考取功名,在他二十岁那年,他以父亲的致仕恩荫步入仕途。赵伯沄的仕宦履历比较平淡,曾任平江府(今江苏苏州)长洲县丞、婺州(今浙江金华)司户参军等官。赵伯沄嫡妻李氏,是朝散大夫、浙东安抚司参议李宗大的女儿。庆元元年(1195),赵伯沄担任长洲县丞官满,携带家眷,从苏州返回黄岩待阙,不料李氏中途染疾,竟于当年六月病逝,次年五月下葬。赵伯沄为妻子亲撰的墓志,情真意切。该墓志就是赵伯沄墓地出土的那一块志石上所写的。

李氏去世后,赵伯沄在黄岩住了相当长的一段时间,一方面他要张罗妻子的丧葬事宜,另一方面,官员待阙也需时日。乡居期间,赵伯沄在黄岩城西重建了一座在当地远近闻名的桥梁。

赵伯沄于庆元二年(1196)重建的桥梁,原来叫孝友桥,北宋元祐六年(1091)由时任黄岩知县张元仲所建。张元仲,字孝友,以其表字为桥名。该桥靠近西江与永宁江的交汇处,受潮水涨落冲击,"庆元二年圮于水,县人赵伯沄纠合重建"。新建的石桥,由五个桥洞连环相拱,桥面起伏五折,民间又称其为"五洞桥"。五洞桥位于城西的官河之上,连接县城内外的桥上街和西街,因此也叫"西桥"。赵伯沄家族住在五洞桥边的桥上街,遂被称为"西桥赵氏"。

五洞桥在后世虽经重修,但宋风犹存,五拱起伏有致,远望如长虹卧波,其地辽阔萧爽,是黄岩的一大赏月地点。元代士人潘士骥《西桥秋月》诗曰:"玉虹横处隔市喧,夜痕冷浸青青天。风生万籁泻金液,风定一颗摩尼圆。"月圆之夜,秋高气爽,一桥相连的西城,则市井喧闹。

赵伯沄组织这个规模较大的工程建设,足见他的财力,也足证他在地方的影响力与号召力。《嘉定赤城志》称赵伯沄为"县人赵伯沄",显然没把他当外人。南宋时期的移民,若要在他乡形成祖居地意识,一般需要三世以上,如果在迁居地入籍仅一两代,往往不为当地人认同为"乡老",只被当成"流寓"。遥想当初赵子英从中原来到南方,筚路蓝缕,艰苦创业,到第二代赵伯沄时,其家族就已站稳脚跟,黄岩人认同他们是与本地人一样的"县人"。

到第三代,西桥赵氏非但门楣光大,更在学术和文化领域崭露头角。赵伯沄诸子成就一般,但其诸兄之子,如赵伯淮之子赵师渊、赵师夏,次兄赵伯沇之子赵师端以及三兄赵伯洙之子赵师雍、赵师蒇等人,均为朱熹及门弟子,在黄岩传播朱子学,成为"南湖学派"的先声。尤其是赵师渊,为乾道八年(1172)进士,协助朱熹完成《资治通鉴纲目》,在文化史上占有一席之地。明嘉靖年间,黄岩县令汪汝达新建朱文公祠,以本地朱门高弟十一人配祀,其中的五位赵宋宗室,就是赵伯沄的诸位亲侄。经过赵子英、赵伯沄、赵师渊三代人的经营,西桥赵氏在黄岩拥有雄厚财力,享有较高威望,在思想、学术领域也掌握了相当的话语权。赵氏在徙居地真正落地生根,不但完成了本土化,而且实现了士大夫化,足以与台州、黄岩的任何一家大族媲美。

赵伯沄夫妇合葬于"黄岩县靖化乡何奥之原",未与乃父赵子英合葬。据《黄岩西桥赵氏宗谱》卷七,赵伯沄共有六子:师哲、师耕、师宫、师乘、师郢、师冶。其中师哲、师耕、师冶三人,葬于"何奥"附近,另外三子则分别葬于他处。在赵伯沄墓地附近,虽然可能存在其他家族子弟的墓葬,但绝没有规划严格、秩序井然的家族墓地。

为了进一步考察赵伯沄墓地附近可能存在的其他墓葬,2016年6月6日,我再度来到现场考察。

赵伯沄墓位于大坟山的南麓坡脚,前方为民居和道路,由于老百姓的生活、生产建设活动,地形多有改变,除了深埋地下的墓室保存完好,地表已无遗迹,只在墓地前方约二百米处的长潭

水库边,尚存牌坊遗址。但是,牌坊早已被拆除,本体无存,仅少量石构件散见于地表或被砌入了附近的石桥。

赵伯沄墓西侧的山坡,地形已完全改变,形成高约四米的断面,此处已无墓葬存在的可能。赵伯沄墓的东侧山坡,地形尚完整,地面散见南宋墓砖,可能存在同期或稍晚时期的墓葬,需要进一步关注。

大坟山,青山苍翠,对古人而言是一处理想的葬地。距离赵伯沄墓东侧一百多米处,是1981年因为生产建设而发现的宋末元初理学家黄超然的墓葬,出土的"黄超然墓志"现存于黄岩博物馆,墓圹残痕在荆棘丛林间,尚可辨认。黄超然,号寿云,与车若水师从王柏,得理学之传,著有《周易通义》等,是黄岩历史上著名的学者。

由此可知,大坟山并不是独属于西桥赵氏宗室的家族墓地,南宋时期便是公共墓地,埋葬有包括赵氏、黄氏在内的众多大家的坟墓。

与世代聚葬、长幼有序的北宋中原地区的士大夫家族不同,南渡以后的赵子英、赵伯沄一家人,百年之后,在丧葬习俗上,已完全入乡随俗,其"独占风水"的墓地形态,亦可视为西桥赵氏逐渐融入江南地方的一种表征。

从南渡寓居黄岩，到融入地方、入乡随俗，他们努力经营，落地生根。作为曾经的天潢贵胄，他们对沦陷的中原故乡，想必一日未敢忘，然而，现实的生活还是要继续，在一代人、两代人、三代人的努力经营下，他们在异乡创造新的生活，逐渐形成新的族居地认同，正如苏轼所言："试问岭南应不好，却道，此心安处是吾乡。"

【作者名片】

周吉敏：中国作家协会会员。著有散文集《古游录》《月之故乡》《民间绝色》《斜阳外》，儿童文学《小水滴漫游记：穿过一条古老的运河去大海》。曾获琦君散文奖、三毛散文奖。多篇散文作品入选全国各类散文年选。

望　戏

周吉敏

一

夕阳下，沿着永宁江缓缓行走，看一座城市因水而生，而安，而华。

记得去年来时，蜜橘已采摘妥当。想着春天来看橘花飘落，还是错过了。这次来，杨梅满山，欲红未红，站在一棵百年杨梅树下，也是望梅止渴。走在一个果子成熟的空隙里，那种不得，其实比得到更有一种情味。

忽然听得戏乐声。

"咚锵咚锵……咚咚锵……"鼓声越过河流，散入两岸的大街小巷。

"哪里在做戏?"有人问。

"望戏去!"陈剑说。这是黄岩话。

几个人的脚步都不由得急促起来,循着声音往前赶,直走到五洞桥边,发现是台州乱弹在此做场。

乐队就在桥头的柳树下,柳条垂下来在谱架的乐谱上偶尔一沾,又随风而起。一看剧目,是《过河》。戏台就搭在桥头,人群密密麻麻围了三四匝,桥上也站满了人。我们顾不得四溢的汗味,侧身挤了进去。

台上那七品芝麻官,平日里四体不勤,一日下乡,一条小河拦住去路,他竟不知如何是好了。到了河边,见了那哗哗的流水,心发慌,头发晕,六神无主,滑稽可笑。众衙役帮着出主意,更添了讥讽之味。最后那官老爷脱了靴子,背着靴子,终于蹚水过了河。这靴子脱了,就接地气了。

县官是丑角来演,画了白鼻子,乌纱帽翼摇曳,一招一式,丑韵毕现。丑角演得好,没有一句台词,见功夫了。

"无丑不成戏。"古代俳优,陪伴帝王身边,其表演是讽谏,是假亦真来真亦假。这种古老的智慧,涉及戏的内核。后来的各种演绎,剥开了看,最后见到的,还是那个教化的内核。

锣鼓一落,观众轰然散去。

意犹未尽啊!

"明晚还演吗?"

"还演,演《貂蝉与吕布》,还有《活捉三郎》,晚上 6 点半开场。"

二

太阳还有一尺高,几个人紧走慢赶又去五洞桥望戏。

想起少年时的冬日里,爷爷背着长条凳,我在后面跟着到村里的庙台前去看戏的情景。戏台下的葵花子、灯盏糕、油老鼠、甘蔗、薄荷糖,我还来不及回味,戏的流水已裹着童年走远了。

暮云,暮风,知了,都登场了。戏也开场了。

果然是好戏啊!

小宴上的吕布与貂蝉,先是美人钓英雄,后是英雄戏美人,最后是英雄难过美人关。这出戏,就在一个"戏"字上。舞台上以什么表现呢? 翎子功!

吕布手舞足蹈、摇头晃脑,那五尺长的双翎,一会儿翩翩宛如金蛇狂舞,欢喜至极,一会儿由低而高徐徐抖动,似凤凰展翅,一会儿低垂俯身圆场,形如彩蝶翻飞。吕布在转身窥探貂蝉芳容时,眼里那种因钟情而生的欢媚,不由人不赞叹演员的演技。

最是在背后戏貂蝉时，那翎子从貂蝉的鼻下唇上间扫过，那轻佻浮浪，把看台下的人也惹得心旌荡漾了。

翎子功，本是蒲剧、晋剧、秦腔等梆子剧种的特色。南方的潮润，让翎子减了几分北气，添了几分欢快如小鹿般的江南灵秀。东海边的吕布戏貂蝉，也少了传统的俗，多了一种青春男女相见欢的情趣。

《活捉三郎》，演的是恨，是不甘。阎惜姣被宋江杀死后，不忘与姘夫张文远的旧情，入夜前来活捉张文远，到阴间再做夫妻。这是一折以腰、腿、褶子功见长的做功戏。戏中有"点蜡烛""踢假腿""提耙人"等特技，尤其那"桌上踹凳"的技巧，令人叫绝。

夜色如水，阎惜姣披着黑纱，立在倾倒的凳子一角，看着张文远，又爱又恨。她还是那么美，张还是那么好色，自愿往她水袖做的绳套里钻了进去。此时，阎惜姣已不是那个凡间的女子，死亡赋予了她能量和自由。阎惜姣提了张文远，面露得意之色，遂了心愿，去了。

有人说，这出戏过瘾，解恨。这世上有多少美好的女子被薄情寡义之人负了大好青春。有人说，这丑角不就是昨晚演《过河》里的县官的那个人吗？我本想看个究竟，无奈戏散场了。人群一下子四散而去,汇入车水马龙的大街大巷。

已过了晚8点,肚子咕咕叫,我还没吃晚饭呢。这五洞桥边的戏,怎么看了还想看呢? 也许是这戏演的既是芸芸众生的前生,又是芸芸众生的后世之故吧。

南宋时修建了五洞桥的赵伯沄就站在大家的身后看戏,他看过的戏,我们没看过,我们看过的戏,他都看过了。

三

永宁江静静地流淌,城市的灯光投影在河上,像一幅暗底的旧锦缎,也像一个繁华大梦。

蓦然想起一个人来。汴京沦陷后,南下临安(今浙江杭州)的孟元老,思念旧都繁华写了一部《东京梦华录》,其中写道:"参军色执竹竿子作语,勾小儿队舞。"繁华似一场大戏,成了孟元老的梦,他写下的文字也成了后人的梦。

有年冬月,我在黄岩博物馆看到六块五代吴越国的戏剧古砖,似乎也走到孟元老的旧京繁华里去了。

其一人物戴着幞头,两条幞带上扬,着交领窄袖袍衫,腰间系带,身体微微左倾,双手斜持一长竿,竿上一根长带,临风飘舞。

这就是"引戏"。

其二人物是"官",脸方正平展,戴着硬角幞头,身着圆领中袖大袍,腰围宽带,穿着靴,双手捧着笏板。

其三人物右肩扛麾,也戴着幞头,两条幞带尤长,呈弧形下垂,人物身着武职袍服,双手握于腹前,一足挺立,一足支架,麾旌迎风飞扬,垂眉蹙额,显得孔武有力。

其四人物戴着冠,身着短衫裤,胸前与两肩均有带结飘垂。左手持觡形物,右手举着一截竹竿,扬于头上,其眼角上挑,嘴角含笑,身姿后仰,神情飞扬,仿佛在全身心投入地指挥一支乐队。这指挥之杖与竹竿子,都系"麾"演变而来,都是节乐之器。

还有一块戏砖上刻着两个人物,一前一后,一大一小。那个大人在前,戴着幞头,着中袖袍服,身躯侧转,上体稍仰。那个小的童子,着衫裤,双臂前摆,跟随着大人。

另一块戏砖上也刻有两个人物,前面的那个浓眉大眼,戴四脚幞头,两条头巾带翘挺于脑后,另外两巾则交系于头顶。身上穿着交领窄袖袍衫,腰围大带,脚穿绮履。他的双手叠于胸下,身躯左倾,颔首低眉,神情木讷,一副受到奚落而委屈的样子。旁边的那个杏眼小口,戴两脚幞头,两翅上扬,身上穿着交领窄袖袍衫,腰间系带,下穿"连裤袜",脚蹬绮履,双手则拢于胸前,

身躯右倾，引颈启口，眉目传神，戏弄着前者。前面一个是"参军"，后面那个是"苍鹘"，而且是女扮男装。这一愚一谐，斗智逗趣，插科打诨，在歌舞的助兴下，愈显滑稽。

看这些戏剧古砖，何尝不是在看一场戏呢？恍惚间，锣鼓喧天，歌声彻云，台下，笑声、起哄声，十分喧闹，那些路过的荆棘、走过的彷徨，在一场戏谑间，顷刻抖落了。

四

7月的一天，在黄岩西部的宁溪古镇，我们观看了一群孩子演奏《作铜锣》。据说《作铜锣》原名是《祝同乐》，两个曲名，已显时间上的传承。

这群活泼泼的孩子有操乳锣、大鼓、小钹、叫锣、碰钟、木鱼、云锣的，也有操板胡、二胡、中胡、大胡、三弦、阮、琵琶、扬琴、古筝、笛、箫、笙等的，吹、拉、弹、打，相互衬托、交相辉映，细吹的悠扬清越，慢打的庄重雍容，像春天里的细雨与雷声，由远及近，从深宫沿着东南漫漫古道，传到海角。

这场景和音乐，使我想起清少纳言的《枕草子》，深宫华丽，夜色深沉，这位女官提笔写下：

高雅的东西是：穿着淡紫色的衵衣，外面又套了白
袷的汗衫的人；鸭蛋；刨冰里放上甘葛，盛在新的金碗
里；水晶的数珠；藤花；梅花上积满了雪；长得非常美丽
的小孩子在吃草莓。这些都是高雅的。

清少纳言生活的时代差不多是北宋的初年，她笔下拂动着唐
朝的遗风。《作铜锣》中那个操着细长的竹条，操控乐队节奏的穿
着红裙子的小姑娘，不就是清少纳言笔下那个吃着草莓的长得非
常美丽的孩子吗？孩子手中的那根竹条，就是灵石寺古戏剧砖
上，那个眉飞色舞指挥乐队的人手里拿着的那一截竹竿吧。

每年农历二月初二，宁溪直街上，花如海，灯如昼，《作铜锣》
的乐音在人群中由远而近，此间有宋时"蓦然回首，那人却在灯
火阑珊处"的风致。

五

又一晚，赶去椒江望戏，其实还是因为五洞桥望戏的兴味
不减。

在一座古色古香的戏台上，水袖、顶灯、翎子功、耍牙、变脸、

犟口……各种绝活一一登场,让人目不暇接。

这一晚,我知道了演吕布的叫朱锋,演貂蝉的叫鲍陈热,演阎惜姣的叫陈丽芳,展示顶灯绝活的叫张振星——就是五洞桥边演县官和张文远的那个丑角。

我第一次看耍牙,惊异于表演者的绝技——这张嘴里怎么容得下这些长长的獠牙呢?表演耍牙的叫叶省伟。二十年前,乱弹班重新组建,团里的老师傅教几个年轻人耍牙,可是老师傅的牙床已萎缩,牙齿已脱落,那副獠牙塞进嘴里又掉了出来,反复几次,都没有成功,只能作罢叹气。老师傅把耍牙传给叶省伟后,没过多久,就安心走了。叶省伟说,练习耍牙太苦了,练到满嘴流血、满口溃疡,不能吃东西,不能说话,是老师傅那岁月老去的无奈,技艺无人传承的悲凉,让他咬牙坚持了下来。

台州乱弹中的这些绝技,是古代民间艺术表演"百戏"的遗风。这一晚,我看到了一种传承,这是戏的流水,从远古而来,从北方到南方,又从南方到北方,形成交流融汇的气象。叶省伟、朱锋、鲍陈热、陈丽芳、张振星等,他们仿佛孟元老笔下汴京繁华里的百戏艺人。居东海一隅的黄岩,其开阔与收敛的山海禀赋,在一方戏台上就表露无遗了。

乾隆年间,戏分花雅。雅指昆曲,花指各种地方戏,而乱弹是高腔、徽调、滩簧等多种声腔的兼容。我喜欢花部乱弹,它有北方的激昂,也有南方的清丽,如一朵大开大合的花。张岱在《陶庵梦忆》中记载:"天台多牡丹,大如拱把……花时数十朵,鹅子、黄鹂、松花、蒸栗,葶楼穰吐,淋漓簇沓,土人于其外搭棚演戏四五台,婆娑乐神……"台州乱弹,有牡丹的风采。

走出院子,月色清朗,风动荷叶,灯影斑斓,人影绰绰。这山海间还是唐宋的风月啊。

（本文发表于 2023 年 9 月 16 日《新民晚报》,有增补）

十里梅花带雪看

周吉敏

"邑南北为瓯越通衢,而东抵海门,插羽披星递传,络绎不绝。"

这条始建于唐末的驿道,沟通了浙南极南处的两个海角——台州与温州。

驿道上的十里铺,距台州黄岩城南十里。十里驿道,是十里梅林,因此叫梅关。千年时空转换,古道已漫漶不清,唯余梅花的香气,带着那些行走的身影,仍在古道上披星戴月,南来北往。驿路梅花带雪看,路已不仅仅是路。

赢得满衣清泪

建炎四年(1130)正月,李清照从杭州出发,自嵊州改走台温驿道,到达了黄岩。此时正值寒冬,黄岩九峰山下的梅林正在喷雪。

> 到台,台守已遁,之剡。出陆,又弃衣被走黄岩,雇舟入海奔行朝。时驻跸章安,从御舟海道之温,又之越。庚戌十二月,放散百官,逐之衢。绍兴辛亥春三月,复赴越。壬子,又赴杭。

读李清照在《金石录》后序中记录的南渡经历,她单薄的身影在字里行间惊惶地晃动着。那么重的负荷,那么多的转折,那么苦的思量,哪是"艰辛"可堪说的,"飘零"更合适。

空气里都是梅花的幽香,可是她没有时间停留,去十里梅林赏梅花,停泊在海上的御舟不等人啊。

她的《清平乐》写道:

> 年年雪里,长插梅花醉。挼尽梅花无好意,赢得满衣清泪。
>
> 今年海角天涯,萧萧两鬓生华。看取晚来风势,故应难看梅花。

此中景况,不赏梅花,却见了梅雪的精魂。李清照自己就是大雪中的一枝梅。

李清照喜欢梅花,梅花诗词贯穿了她的一生。她从春心萌动时就开始写梅花,《渔家傲》写道:

> 雪里已知春信至,寒梅点缀琼枝腻。香脸半开娇旖旎,当庭际,玉人浴出新妆洗。
>
> 造化可能偏有意,故叫明月玲珑地。共赏金尊沉绿蚁,莫辞醉,此花不与群花比。

少年时光易逝,转瞬就到了中年。在金兵铁蹄的驱赶下,宋室开始南渡。李清照在时代的裂缝中,也像岩缝中生长的那棵梅树。

靖康二年(1127),李清照从家乡青州出发,揣着丈夫赵明诚"生死相随,不能丢弃"的嘱咐,带上庞大的"行李"——十五车文物书画(据说,还有十余间屋的物品只能留在青州),一路向南,到江宁与丈夫会合。陆路不能走,她只能走水路。这样如山的负荷,只有大江大河能载得动。

这是李清照南渡飘零的开始,也开启了她大雪纷飞的后半生。

到了江宁已是二月，梅花还未凋谢，李清照见了梅花，又是惊喜，又是感伤。她的《殢人娇·后亭梅花开有感》写道：

> 玉瘦香浓，檀深雪散。今年恨、探梅又晚。江楼楚馆，云闲水远。清昼永、凭栏翠帘低卷。
>
> 坐上客来，尊中酒满。歌声共、水流云断。南枝可插，更须频剪。莫直待、西楼数声羌管。

"殢人"指困境中的人。梅花开在寒冬，二者的处境多么契合，李清照见了梅花，更感伤了，一切都已不是从前的样子。

又有《临江仙·梅》，下阕写道："玉瘦檀轻无限恨，南楼羌管休吹。浓香吹尽有谁知。暖风迟日也，别到杏花时。"那是踏雪无心思的情绪，那"恨"，也是悲凉。

从青春时期"此花不与群花比"的清高傲世，到中年时"浓香吹尽有谁知"的无奈悲凉，山河破碎，亡国离乡，李清照一路惊恐颠簸，从中原梅花到南方梅花，其况味已截然不同。

建炎三年（1129）的秋天，大病初愈的李清照，人如瑟瑟秋叶，不得不再次打点赵明诚与她积攒了半辈子的藏品，从江宁出发，追着宋高宗赵构南逃的御舟，去投靠弟弟李迒。

丈夫赵明诚去世后不久，坊间就起流言，说皇帝看中了李清照家的金石书画。李清照惶恐万分，与其被动等皇帝来要，不如主动献上，消灾避祸。

李清照前脚刚走，金兵后脚就来了。等她到了杭州，没有见到弟弟，原来宋高宗未雨绸缪，早去了越州（今浙江绍兴），准备随时逃亡到海上。李清照只好往越州赶。李清照想着自己虽然一路追赶着朝廷，但总是慢一步，于是改变思路，把藏品存在嵊州，弃舟改走陆路，终于到达了台州的黄岩。

黄岩可谓是李清照南渡经历的转折点。此时，宋高宗一行停在章安，距离黄岩仅五十里。黄岩离海岸线近，行人可通过永宁江直接渡舟入海。李清照雇了小船，从永宁江过灵江，到了章安，终于与朝廷舟船会合，见到了弟弟。

这一路的流徙，那些金石书画，大都散佚了。李清照在《金石录》后序中写道："至过蘧瑗知非之两岁，三十四年之间，忧患得失，何其多也！然有有必有无，有聚必有散，乃理之常。"可惜，还是那些书画，让她所遇非人。不过，李清照不愧为李清照，最后还是把持住了自己的命运。

这个年年踏雪寻梅的女子，这个"沉醉不知归路"在冉冉酒气中透出才气和豪气的女子,这个写出"生当作人杰,死亦为鬼雄"的词人,"花中第一流"非她莫属。在这驿道上的十里梅林中,她自是"东风第一枝"。

永宁江缓缓流淌,风中暗香浮动。一叶扁舟上,站着一位两鬓染上霜华的女子,江风拂动她的衣袖。只要喊出一声"清照",江山都要为之动容。

谁能相思赠千里

我能感受到他的脚步声,"哒哒哒"地沿着温州河边的驿道走来。

他到了梅关,走上柳桥,招呼书童把书箱放在长亭中,然后坐了下来。他看着驿道上来来往往的人,想着此间大都是追名逐利之人,自己也不例外。

"十朋兄!"

他恍然从梦中醒来,抬头一看,惊喜地站起来,拱手道:

"十朋兄。"

"来,走,到我家去。"

这是黄岩的赵十朋到梅关来接乐清的王十朋了。两位十朋有说有笑,穿过十里梅林而去。

王十朋作为名动瓯越的才子,每次到黄岩,总要与学生、挚友同游山水,诗酒酬唱,盘桓数日,才依依惜别北上。他在《送黄岩三友》诗中云:"聚散本常理,未应轻感伤。只因三益友,故断九回肠。"在赠黄岩郑逊志的诗中说:"灯火相亲臭味同,来何太晚去匆匆。"可见其与黄岩友人感情深厚。

王十朋是乐清梅溪村人。村前有一条明净的小溪,两岸遍植梅花,故此地有"梅溪村"之名。"梅溪"也是王十朋的号。请允许我叫他"十朋",因为他是我的家乡温州家喻户晓的先贤之一。

宋高宗赵构渡海驻跸温州时,寒窗苦读的十朋还在看热闹的人群里。家境贫寒的他,十年间,六赴太学。直到南宋绍兴二十七年(1157),四十六岁的他才考中状元。这漫漫台温驿道上,就数他的脚印最多、最深了。

绍兴十五年(1145)暮冬,三十四岁的十朋,第一次辞别家乡的亲朋好友,去临安太学深造。在雁荡山游览几日后,他乘船出乐清湾北上,不料海上起了风浪,遂改走陆路,翻越山岭,到达了黄岩。

台温驿道上翻山越岭,行路难啊。十朋在《过盘山宿旅邸》

诗中写道：

> 一岭迢迢十里赊，行人半日踏烟霞。
>
> 青山遮莫盘千匝，归梦何曾不到家。

驿道上的一道弯、一个坡、一株草、一棵树，都成了他倾诉乡思的对象。驿道迢遥，肉身的脚板赶不上世事的万千变故。一次，他赶不上船，宿在黄岩浮桥，写道：

> 落日丹丘下，西江十里西。
>
> 浮桥通古道，逆旅傍清溪。
>
> 夜静水声细，晓阴山色迷。
>
> 吾乡在何处？天远白云低。

又一次，他宿在黄岩的庆善寺：

> 刚被篙工误，迟留一日装。
>
> 川途隔浩渺，灯火乱昏黄。
>
> 呼仆回行李，寻僧宿上方。

山前十里雪,夜入梦魂香。

这驿道上的十里梅花雪,十朋是作为旅途上的知己来倾诉乡思的,他的《过黄岩》诗,字字都是乡思:

三月离家客,悠然觉路长。

梅花十里眼,竹叶一杯肠。

诗思贪佳境,眉头忆故乡。

江山看不尽,回首隔沧浪。

十朋是恋家的人,即使在与挚友诗酒唱和的欢愉中也不禁想家。他虽家境贫寒,且有年迈高堂和娇弱妻儿,但"国破",好男儿立志要为国分忧。他一次一次离家北上,只能把满腹的相思对梅花讲了。

绍兴二十二年(1152)秋,十朋第五次赴太学进修。自首次赴太学以来,已有八年。在八年五次奔赴太学的经历中,这是他最伤感的一次。其时,他的母亲去世,小儿子夭折,又加上两年歉收,家中生活极度窘迫。临别时,他将两个儿子托付与学生。"痛慈亲之不见,伤幼儿之蚤死,登途泫然。"在十朋眼里,这一路

的草木都满含了悲愁。

他取道乌石，经清江、白溪，翻过十里盘山岭，行至黄岩。黄岩的学生和挚友热情相邀，他在黄岩住了三夜。学生郑时敏送他到台州城，大约九月底到达京城。这一次他在太学只住了三个月，同年十二月复归故里。至此，十朋已是三次省试落第了。

正值寒冬，北风凛冽，穿过十里梅林时，梅花正傲然绽放。看着枝头洁白的梅花，他加快了往家赶的步伐。

绍兴二十三年(1153)，十朋在梅溪书馆的基础上创办梅溪书院，重操旧业。他以梅溪野人自居，"扫空尘念心清凉"，授徒讲学，这样的教授生涯转眼就是四年。

绍兴二十五年(1155)，秦桧死了。次年十月，十朋再赴太学。十年时间，江山依旧，人事已非。此去已是初冬时节，站在盘山岭上，见大雁阵阵飞来，歇落雁湖岗。穿过十里梅林时，又见梅花初绽，朵朵都是报春的花。

绍兴二十七年(1157)，十朋获廷对第一，高宗御笔亲批他为状元。十朋时年四十六岁，他沿着这条海角的驿道，终于走到广阔的天地里去了。

王十朋为官清正，造福百姓，不仅青史留名，还是各类传说、传奇故事的主角。宋元时期的书会才人们还编排了戏文《荆钗记》，演绎家境贫寒的书生王十朋与富家小姐钱玉莲生死不渝的爱情故事。剧中的王十朋只有一枚荆钗作为聘礼。我想那一枚荆钗应是梅枝所制，才有如此气节而流芳后世。编排戏文，是乡人对十朋最好的感念了。

十朋出生于梅溪村，号梅溪，爱梅花，写梅花，品性也似梅花。梅花故地是十朋精神的原乡。其爱梅之情从一首赴太学途中写下的《途中见早梅》可见：

山行初逢建子月，始见寒梅第一枝。

遥想吾庐亦如此，谁能千里赠相思。

梅花发后思乡切，竹间水际出横枝。

暗香疏影和新月，自是离情禁不得，触物那堪此时节。

春前腊后定归来，要看溪上千株雪。

十朋站在梅关，目光穿越漫漫驿道。寄相思于十里梅花，捎给千里之外的亲人。

十里梅花生眼底

我是羡慕戴复古的。

此时,这位浪游天下的江湖诗派领袖走到哪儿了呢?

戴复古正穿过十里梅林,前往雁荡山的罗汉寺,与朋友王和甫相约见面。这是他第一次游雁荡山。真是一个心太远太大的人,家门口以"天下奇秀"著称的雁荡山,此时才吸引住他的目光。

见到雁荡山,戴复古还是惊异于它的美了,写下了八首诗,其《会心》诗写道:

> 我本江湖客,来观雁荡奇。
>
> 脚穿灵运履,口诵贯休诗。
>
> 景物与心会,山灵莫我知。
>
> 白云迷去路,临水坐多时。

此时,戴复古的心境不同了。这位在外浪游四十年的诗人已诗成名就,归隐家乡,在诗中称自己为"江湖客"。

看看戴复古的游踪吧。元人贡师泰在《石屏集》序中追寻了他一生的行迹:"南游瓯闽,北窥吴越,上会稽,绝重江,浮彭蠡,泛洞庭,望匡庐五老、九疑诸峰,然后放于淮、泗,以归老于委羽之下。"

戴复古浪游的地域几乎涉及南宋的全境。说他是浪子诗人，是最好的赞美。戴复古似一根出墙的青藤，在大地上生长，脚印是片片叶子，诗是开出来的一朵朵花。

戴复古浪游的品性可以说来自遗传。他的父亲戴敏才，是一位"以诗自适……不肯作举子业，终穷而不悔"的穷书生。在临终前看着襁褓中的儿子，还对亲友说："吾之病革矣，而子甚幼，诗遂无传乎？"

在当时男儿见用于世，有两条路可走，一条是科举入仕，一条是献诗当道以求提携。戴复古选择了后者，还真迷进诗里去，穷得叮当响。戴复古作为男儿的血是热的，他把陆游的《剑南诗稿》作为效仿的范本，还特意去登门拜赋闲在家的陆游为师，学有所成之后，开始仗剑出游。他意气风发，直奔京城临安而去。冷酷的现实兜头给了他一盆冷水。他在《都中书怀呈腾仁伯秘监》中写道："一饥驱我来，骑驴吟灞桥。通名丞相府，数月不见招。欲登五侯门，非皓齿细腰。"京中如戴复古者成群结队，一位无名青年，身无分文，结果可想而知。一入江湖始知寒啊。

戴复古向北行，来到靠近前线的地方，想在从军入幕这条路上找出路。在这个连辛弃疾、陆游都被闲置的朝代，结果也是可想而知，按他自己的话就是"活计鱼千里，空言水一杯"。

回望这次前线之行,看似戴复古一无所获,其实是他人生转折的开始,也是他成为"专业诗人"的开端。

南宋开禧二年(1206)十月,金兵分九路南下伐宋,云梦、滁州、淮河一带又遭践踏。戴复古亲眼见到了国弱而民不聊生的现实,领受了"吾国日以小,边疆风正寒"的局势。前线的硝烟,遍地的残垣,受苦的民众,给了戴复古真正的精神力量,他写下诸多爱国诗篇。《盱眙北望》诗写道:

> 北望茫茫渺渺间,鸟飞不尽又飞还。
>
> 难禁满目中原泪,莫上都梁第一山。

乾坤分南北的悲痛,有山不敢登的愤慨,像岩浆一样在诗人的心里翻滚着。可以说,戴复古的诗里从此生出了一种内在的力量,像刺,像剑,直击人心,见血见泪,唤起宋人南渡流离失所的悲和国破家亡的痛。此时,戴复古才真正与杜甫"国破山河在,城春草木深"的诗魂相逢,接续上杜甫和陆游的爱国主义与现实主义的诗脉。

戴复古十年出游,本想衣锦还乡,可惜残酷的现实打碎了他的梦。他失望而归,迈入家门时,发现结发之妻已得病身亡,只在壁上留下"机番白苎和愁织,门掩黄花带恨吟"两句诗。"求名求利两茫茫,千里归来赋悼亡。"失意而归又逢丧妻,戴复古抱着两个十多岁的儿子欲哭无泪,其境况十分凄惨。

"到底闭门非我事,白鸥心性五湖傍。"戴复古在家住不长时间,又出去浪迹江湖了。这一去是二十年。诗人浪游的背后,是生计和活路的问题。

这次,戴复古大约从温州的青田一带西上江山、玉山,至豫章,以豫章为落脚点。他在江西住了一段时间,并在赣江、袁江、抚河、信江之间走动,后来还到过浙江、福建、湖北、湖南、江苏、安徽等地。这次出游,戴复古是去江西找熟人寻出路,结果还是令人失望。

作为文人,低声下气地求人提携,多么难堪无奈。戴复古在《都下书怀》中写道:"读书增意气,携刺减精神。道路谁推毂,江湖赋采蘋。"他浪迹江湖,客居他乡,尝尽了酸甜苦辣。一次雪中生病,无米可炊,只好作诗向来访者乞米:"门外雪三尺,窗前梅数枝。野夫饥欲死,谁与办晨炊。"当然也有"黄堂解留客,时送卖诗钱"的快意时候。戴复古重视友谊,有了钱转手就慷慨接济了他人,自己又囊中空空。

戴复古走啊走啊,终于在失望中开始思考——"山林与朝市,何处着吾身",还是回归诗的本身吧——"蹭蹬归来,闭门独坐，赢得穷吟诗句清"。不进则退，是穷的命，诗的幸，也是戴复古注定了的命。

戴复古开始以诗交游，与众人切磋诗艺。这时，戴复古的诗才显出它的现实意义来。那些时贤、官吏、游士倒争着与他结交了，楼钥、乔行简、魏了翁等高官与他时有唱和，他与赵汝腾、包恢、吴子良等同期诗人，或结社，或品评诗稿，在文坛形成了江湖诗派。然后戴复古以"专业诗人"的身份，前往边境、前线、官府、民间，写下大量反映民间疾苦，揭露、谴责朝野投降派的诗歌，从而诗名大振，引领了江湖诗派。

大约在戴复古六十岁的时候，浪子诗人又出游了。"白发出门来，三见梅花谢。"这一段游历，主要是访友，并请人为诗集作序，安排付梓，出版《石屏集》。这一去又是十年。

我喜欢戴复古的一首词，《洞仙歌》：

卖花担上，菊蕊金初破。说着重阳怎虚过。看画城，簇簇酒肆歌楼，奈没个、巧处安排着我。

家乡煞远哩，抵死思量，枉把眉头万千锁。一笑且开怀，小阁团栾，旋簇着、几般蔬果。把三杯两盏记时光，问有甚曲儿，好唱一个？

他乡逢重阳，思乡情切，却要释怀。一首生活气息浓郁的词，一个真性情的戴复古。

戴复古终于厌倦了江湖，此时他已七十岁。南宋嘉熙元年，儿子从镇江接戴复古踏上归途。"落魄江湖四十年，白头方办买山钱。"戴复古浪游江湖四十年，留下了一千余首诗。如他自己所说——"阻风中酒，流落江湖成白首，历尽艰关，赢得虚名满世间"。

"是处江山如送客"，"老矣归软东海村"。委羽山下，戴复古与子孙相对话桑麻，那些江湖逸事亦如烟云了。

戴复古有诗《次韵谷口郑柬子见寄》：

> 闭门觅句饭牛翁，囊有新诗不怕穷。
>
> 十里梅花生眼底，九峰山色满胸中。

归隐即江湖，闭门即深山。九峰山下绵延开去的"十里梅花"，俨然是戴复古最后的江湖。浪子诗人，出走一生，归来仍不失少年本色——为诗狂。

一片冰心踏雪来

十里梅花，我要折一枝赠予严蕊。

初识严蕊是在一个冬日。我们去看黄岩蜜橘，可惜已过了采摘时节，只见一望无际的绿叶，倒是看见河边的一株早梅，在寒风中开出了几朵花来，我当即想到了"严蕊"这个词。之后，我们走进当地的历史名人馆，看到了一个叫严蕊的出生年代不详的宋代女子，读到了她的《卜算子》：

> 不是爱风尘，似被前缘误。花开花落自有时，总赖东君主。
>
> 去也终须去，住也如何住？若得山花插满头，莫问奴归处。

自问，自辩，自伤，哀怨，无奈，请求，向往。这是怎样的女子呢？

后来知道了凌濛初的《二刻拍案惊奇》有一则"硬勘案大儒争闲气，甘受刑侠女著芳名"，写的就是严蕊。我找来看，才知严蕊是一位奇女子。

严蕊，原姓周，字幼芳，自幼丧父，被继父卖作台州营妓。她琴棋书画、歌舞管弦，无所不通。难得的是严蕊能作诗词，且行事讲义气，待人以真心，一时芳名远播，常有少年子弟不远千里来,只求一见。

严蕊陪伴当地的文人墨客、达官贵人,或游风景佳处,或参加酒席。这十里梅花,必然是附着了严蕊的诗心与琴音的。

一日,台州知府唐仲友宴客,请严蕊来助兴。席上以红白桃花为题,即兴赋词一首。严蕊略加思索,吟出一首《如梦令》:

> 道是梨花不是。道是杏花不是。白白与红红,别是东风情味。
>
> 曾记,曾记,人在武陵微醉。

词简练而传神,不着桃花一字,却见桃花朵朵,显得柔软而有生机,尤其是最后一句,点出看桃花人是武陵桃源中人,道出了桃花的出处,也道出了作者超然脱俗的格调。这样的女子,在红尘中怎不令人心生爱慕呢?

文采风流之辈唐仲友,对严蕊欣赏有加,良辰佳节,或宴请宾客,总招严蕊来助兴。宋时的法度,官府有酒,皆招歌妓承应,只站着歌唱送酒,不许私侍寝席。严蕊受太守青睐,不想却因此卷入一场政治博弈。

时朱熹任浙东常平使巡行台州,因与唐仲友关系密切的学派反对朱熹的理学,朱熹上疏弹劾唐仲友(一说是因为唐仲友"为民所讼",朱熹"按得其实"才上疏的),说唐与严蕊有风化之罪,下令黄岩通判抓捕严蕊,然后关押施以鞭笞,逼其招供。朱熹排挤其他学派,想从一位妓女身上下手,谁知看走了眼,没想到严蕊还是个硬骨头。两月之间,严蕊一再被施以刑罚,几乎快要死去。

执行的狱卒劝她说,还是招了吧,何必受这么大的罪。

严蕊却说:"身为贱妓,纵是与太守有滥,料亦不至死罪;然是非真伪,岂可妄言以污士大夫,虽死不可诬也。"

大雪纷飞,寒风刺骨。此时的严蕊,不是梨花,也不是杏花,更不是桃花。鞭子抽过她娇弱的身体,宛如凛冽的寒风袭过梅枝,殷红的血洇染开来,似朵朵梅花在大雪中傲然绽放。

此事朝野议论,震动宋孝宗,皇帝认为此事是"秀才争闲气",将朱熹调任,由岳霖继任。岳霖见了鹤立鸡群的严蕊,让其把自己的心事做成一首词说与他听,严蕊于是作《卜算子》。岳霖听了,知严蕊不同凡俗,为她做主,除了妓籍,让她从良。

严蕊的《卜算子》,表达了自己要像普通的女子一样,穿着布衣裙钗,与一个真心爱她的人归于茫茫人海,过平常日子的心愿。

从周幼芳到严蕊,这是一个在寒冷的世情下求活命的才女。严蕊这艺名取得好,严寒中的花蕊,不就是梅花吗?经过这一番生死磨难,世间人看到了严蕊那梅做的骨,严蕊才真正成为严蕊。

这十里梅林,因严蕊生出了一股侠气,又多了另一番况味。

穿过梅林三去雁山

春雨落下,梅林深处最后一朵梅花也悄然落下。

驿道上出现了三个人,越来越近,看清了,是三个穿着芒鞋,手中各持一根竹杖的年轻人。走在前面的那个双眼有神,步履矫健,边走边张望四野,仿佛要将眼前的每一处风景都印在心里。这是一个心里装得下山河的人。

明万历四十一年(1613)四月,二十六岁的徐霞客经十里梅林去雁荡山。

徐霞客在日记里写道:

自初九日别台山,初十日抵黄岩。日已西,出南门三十里,宿于八岙。

十一日,二十里,登盘山岭。望雁山诸峰,芙蓉插天,片片扑人眉宇。又二十里,饭大荆驿。

"温州雁荡山,天下奇秀。然自古图牒,未尝有言者。"这是沈括《梦溪笔谈》里《雁荡山》的开篇语。北宋以前,雁荡山几乎不为人知,直到宋神宗时,朝廷大兴土木,到此伐木取材,它的秀奇才为世人知晓。此后,雁荡山中庙宇林立,鼎盛一时,大小龙湫从此名动天下。

徐霞客也是奔着大小龙湫来的,他心里还藏着另一个隐秘的目的——一本志书上记载:"宕在山顶,龙湫之水,即自宕来。"是否如此,他要去探个明白。在徐霞客的内心深处,探索自然的秘密,才是旅行的意义所在。

那天,徐霞客从龙湫背开始攀爬,在龙湫背徘徊一整天之后,最终决定攀登东峰。因为山峰陡峭,他脱下从人的四条足布作为绳子进行攀缘,结果布条被石块勒断,他只得再拿从人及自己的衣服撕成条连缀成绳索,方才回到原地。

徐霞客第一次探险雁荡山,险些摔落万丈悬崖。这次徐霞客在雁荡山停留了五天左右,探雁湖没有成功。

崇祯五年(1632)三月二十一日至四月十五日,四十六岁的徐霞客与族兄徐仲昭一起再游雁荡山,历时二十余天,可惜没有留下详细的文字记载。此时距徐霞客第一次探雁荡山已有二十年。

据说,这次探雁荡山前,徐霞客路过临海小寒山,投宿在老友陈函辉家。当晚,陈函辉宴请徐霞客时问:"你曾造访过雁荡山的绝顶吗?"徐霞客听此言变了脸色。次日,天还没破晓,徐霞客就携草鞋叩友人卧榻说:"我去雁荡山了,回来会告诉你的。"然后,他就直奔雁荡山,直到四月十六日才回天台山。

老友的一句话唤醒了徐霞客的记忆,也点燃了徐霞客的精神火把。四十六岁,老之将至,二十年前的心愿未了,时间不等人啊。

前后只隔了十三天,四月二十八日,徐霞客又去雁荡山。上次去雁荡山,或许就是为这次去雁荡山做准备的。此时的徐霞客已不是当初的徐霞客,他的脚板不知已走过多少路,爬过多少名山大川了。

徐霞客在日记里写道:

至四月二十八日,达黄岩,再访雁山。觅骑出南门,循方山十里,折而西南行三十里,逾秀岭,饭于岩前

铺。五里,为乐清界,五里,上盘山岭。西南云雾中,隐

隐露芙蓉一簇,雁山也。

徐霞客终于攀登上了雁湖岗,看到"水之分堕于南者,或自
石门,或出凌云之梅雨,或为宝冠之飞瀑;其北堕者,则宕阴诸水
也,皆与大龙湫风马牛无及云"。也就是说,徐霞客证明了志书
上的记载是错误的。

徐霞客攀登上雁荡山绝顶百岗尖,探明了大龙湫的源头,又
登上小龙湫背(卧龙谷),探明了小龙湫的源头。在徐霞客之前,
没有人考究过大小龙湫的真正水源。雁山巍巍,徐霞客的日记
仔仔细细记录了他攀登的足迹。

与徐霞客隔了约四百年的时光,我沿着台温驿道,来到十里
铺。寻寻觅觅,一切已面目全非。梅关旁的长亭,只剩五根亭柱
从一幢水泥墙中露出来。柳桥还在,柳不见了。南官河从这里
分岔,往南的河流叫温州河。其实此去温州路途迢遥,还要过秀
岭,经盘山岭,才入温州乐清境。抬头望,青山郁郁,峰峦万重,
驿道化入山水间,已不见踪迹。

在十里铺一座院子的角落里,当一条石梁上镌刻的"梅关"
二字以模糊的影子跃入我的眼帘时,千年古道上的人与事,霎时

化作纷飞大雪。十里梅林,十里飘雪。其实时间里的大雪从未停歇,活着的人步履沉重,找不到从前的路,而逝去的人却步伐轻盈,沿着他们走过的路返回,呈现出这条古道的乾坤气象。

(本文发表于 2024 年第 1 期《满族文学》)